KB162207

작가 근영

작은 빛의 노래

초판 1쇄 찍은 날 | 2015년 12월 24일
초판 1쇄 펴낸 날 | 2015년 12월 31일

지 은 이 | 권 자 현
펴 낸 이 | 최 봉 석
디 자 인 | 남 지 연
펴 낸 곳 | 도서출판 해동
출판등록 | 제05-01-0350호
주　　소 | 광주광역시 동구 문화전당로 23(남동)
전　　화 | (062)233-0803
팩　　스 | (062)225-6792
이 메 일 | h-d7410@hanmail.net

값 10,000원
ISBN 979-11-5573-046-1 03810

* 잘못된 책은 교환해 드립니다.

청화 · 권자현 3시집

작은 빛의 노래

찬란히
솟아 오르는
눈부신 태양을 바라보며
소박한 꿈과 산 소망을 새롭게

도서출판 해동

영혼이 맑아지는 감격을 누리시길

김 재 흥 목사(UBF 광주 선교교회)

"여호와 우리 주여 주의 이름이
온 땅에 어찌 그리 아름다운지요
주의 영광이 하늘을 덮었나이다"(시편8:1)

메시야의 그림자로 불리우는 다윗은 시인이었습니다. 그는 하나님을 너무나 사랑하였고 그 하나님께 대한 사랑과 감사를 시로써 표현했습니다. 주옥같은 그의 시는 지금도 수많은 이들의 가슴에 크나큰 감동을 주고 있습니다.

그는 시편 23편에서 고백한 것처럼 사망의 음침한 골짜기를 통과해야 하는 아픔의 순간이 많았지만 그때마다 낙심하지 않고 하나님께 대한 기도와 찬양을 시로서 표현하였습니다. 시를 통해서 그의 영혼은 하나님과 맞닿게 되었고 그의 마음은 칠흑같은 어두움을 뚫고 파란 하늘로 고양 되는 감격을 맛보았습니다.

권자현님은 저희 교회에 충성스러운 일군이십니다. 특별히 교회 어르신들의 성경 선생으로서 수 년 동안 친절과 사랑과 봉사로 섬기고 계시는 것을 볼 때 항상 감사하는 마음이 그지 없습니다.

대학 시절 저희 교회를 통해 예수님을 만나셨기에 또한 젊은 시절의 순수함과 열정을 지금까지 그대로 간직하고 계십니다.

하나님께서 시인의 은사를 주서서 이처럼 귀한 시집 3권을 내게 하셔서 하나님께 감사 드리고 또 본인에게 축하를 드립니다. 시인은 자연의 아름다움을 청아한 필치로 표현하여 우리 마음을 맑게 해 줍니다.

우리는 일상에 쫓겨 살기 때문에 미처 의미도 잊어버리고 보낼 때가 많지만 시인은 각종 기념일, 행사 때마다 깊이 있는 글로서 의미를 되새기게 하니 가슴 뭉클 합니다.

현대인들은 물질만능주의에 오염 되어서 영혼이 너무나 메마르고 혼탁해지고 있습니다.

권자현님의 아름답고 영성있고 청아한 시들을 통해서 우리 영혼이 맑아지고 소생케 되는 감격을 누리게 되길 소원합니다.

단풍빛 고운 날에

세월의 강물 따라
깨우치는 묵상과
일렁이는 詩心을
미흡한 필력으로
써내려가는 小品

늘, 부끄러워 숙이고
긍휼의 눈빛으로
인도하시며 동행하시는
주님의 섭리와 은총에
감사와 영광을 올리며

'UBF 광주 선교교회'
존경하는 목사님 사랑의 추천글
'해돋이 시문학회' 존경하는 목사님들
사랑의 축시와 정겨운 문우님들
우정에 감사를 드리며

해외에서 복음 사역에 수고 하시는
존경하는 선교사님들과 교우님들
친구들과 여러 지인님들께도
사랑의 성원에 감사를 드리며

미흡한 詩心에
아름다운 곡을 만들어 주신
여러 작곡가님들과
소중한 책을 만들어 주신
동산 문학 사장님, 수고로이 편집하여
주신 문우님들께도 감사를 드리며

사랑하는 가족들 깊은 배려로
짙어가는 가을 끝자락에서
부족한 글을 올립니다.

2015년 11월

청화·권 자 현 올림

청화님

석화 · **김 영 욱** 목사

부모님 사랑 안에서
곱디 곱게 자라
백목련처럼 피는 숨결
선교의 꿈 아로새겨

가을 하늘
청잣빛 가슴에
푸르른 소망꽃 피우고져
주님, 복음의 깃발 굳게 세우며

굽도리 돌고
돌아 가슴 조이는
인생 파노라마에
백조 마냥 깊은 사색에 잠겨

투명한 호수처럼
순박한 심성
흙더미에서 보석 찾듯
시의 언어 찾아 고뇌하며

마르지 않는 詩의 샘물에서
세월이 휩쓸고 간 삶의 쓴뿌리
고결한 詩香으로 승화 시켜
영혼의 빛과 그림자 노래하며

석류알 같은 영롱한 詩心
젊은 날 추억을 새김질하고
무명 고치에서 비단실 나오 듯
수많은 그리움의 詩作을 엮고 엮어

'해돋이 시문학회'를
소롯이 섬기는 님이시여!
아~아, 설레이는 제 3 시집
출간을 진심으로 축하합니다

산 소망을 노래하는 청화님

동강 · **임 종 준** 목사

햇살 같은 해맑은 믿음
장밋빛 붉은 열정으로
주님께 감사 찬미 올리며
수많은 시련과 역경의
소용돌이 헤치고

모든 이에게
희망과 용기를 안기어
한결 같은 잔잔한 사랑
구김없는 은은한 향으로
이웃을 정겹게 배려하며

구비구비
흐르는 세월 반석에
믿음, 소망, 사랑 새긴
영롱한 詩心의 수를 놓아
화사하게 미소 짓는 님!

길이길이
참빛을 증거하는
'해돋이 시문학회'
풍성한 가을 열매처럼
고귀한 님의 시집이어라

(제3 시집 출간을 축하하며)

은총의 세월

난초 · **최 미 란** 목사

갈바람 산들산들
짙게 물든 오색 단풍에
이곳 저곳에서 메아리치는
탄성 소리 두리번 거리는데

한 걸음 한 걸음
내딛는 삶의 여정 속에
깊고 넓게 아우르는 청빛 물결처럼
따스한 마음결 흐르고 흘러

퍼올리는
詩心의 샘물에서
화답하는 영혼의 노래
정겨운 울림으로 일렁이며

어느 덧
은총 내리는 하늘꽃
셀렘의 바람 타고 여운 남기는
감동의 詩香 너울너울

제 3 시집
'작은 빛의 노래'
발간 축하의 나팔 소리
주님께 영광 올리며 아름다이 울리네!!!

(제3 시집 출간을 축하 축하 드리며)

|차례|

제1부 **새해의 노래**

제2부 오월의 나무

제4부 청솔

제5부 아름다운 무등산

제7부 영혼의 향기

■ 악보

새해의 노래

소망의 닻에
푸르른 깃발 높이 달고
찬미의 새 노래 부르며

지난 날 낡은 허물
꿈빛 새 옷으로 단장하여
美風 출렁이는 대양을 향하여

- 서시 중에서

새해의 노래

새 날을 잉태한
장엄한 섭리 찬란하게
황금 빛살 비추나니

소망의 닻에
푸르른 깃발 높이 달고
찬미의 새 노래 부르며

지난 날 낡은 허물
꿈빛 새 옷으로 단장하여
美風 출렁이는 대양을 향하여

첫 출항의 설레이는 미소
반짝이는 은파 위로 힘차게
노를 저어저어 가세

해오름

태고의 혼돈 속에
장엄하게
솟아 오르는 빛이여

억겁의 세월에도
올곧게
밝아오는 신비여

춥고
헐벗는 곳에
포근한 숨결이여

문명으로 얼룩진
잿빛 세상에
우주의 영광이여

온누리 곳곳에
찬란히 타오르는
눈부신 사랑이여!

신년의 기도

새해를 맞이하는 첫 시간
정갈한 영혼의 새 옷을 입고
해오름의 새 마음으로
고개 숙여 두 손 모읍니다

새해에도, 맑은 영혼
순결한 꽃마음으로
너와 나 더불어 활기찬
새 날을 맞이하게 하시고

지난 날, 이기심의 고통
무성의한 실패를 참회하며
이웃과 소외된 자를 보다
겸허한 사랑으로 섬기게 하시고

찬란히
솟아오르는
눈부신 태양을 바라보며
소박한 꿈과 산 소망을 새롭게

날마다 열리는 순간들
감사와 설레임으로
충만한 은총 아름답게
펼쳐지길 간구합니다

아멘

봄빛 그리움

따스한 햇살
눈부시게 쏟아져
설레이는 가슴 열고

은은한
향으로 서 서
임을 기다립니다

영혼 깊이
스며든 사랑의 향
소담스레 피우며

임 오시는 길 환하게
벙글어진 밀어 안고
풍성한 마음 그윽히

오시는 님
발자국 소리인가
나팔귀 열어

오늘도,
싱그러운 미소 걸치고 살며시
오는 임의 환영을 그리며..

입춘

시린 칼바람
설한파에도
어김없이 찾아오는
대자연의 법칙

연둣빛 새순
까치발 돋우며
영혼의 뜨락에 소롯이
손짓하는 봄의 전령

청아한
소망의 노래 부르며
아름다운 詩香으로
고운 님 오는 길

저려오는
묵은 상념
황량한 벌판에
나붓이 실어 보내고

눈부신 봄 날,
아지랑이랑 손잡고
꽃물결 향연 반가이
마중할 준비를 하리

봄날의 연가

부드러운 실바람
들녘의 풀꽃에
청아한 이슬 반짝이며
갈망의 연둣빛 채색하네

곳곳에 평화로이
피어나는 형형색색 꽃송이
화사한 미소 흐드러지고
순결한 속삭임 오손도손

이 곳 저 곳
들쑤시는 얄미운 세파
소용돌이 아랑곳 없이
찬란한 봄은 눈부시고

사랑의 향기 지닌 채
꿈망울 메달은 나뭇가지
환희의 숨결 밝히어
소망의 꽃등불 황홀하여라

벚꽃

눈부신 햇살 내려와
연분홍빛 갈망
환상의 나래 펼쳤네

긴 긴 그리움
숭얼숭얼 만개하여
미소 짓는 꽃송이들

은은한 향 타고
날아온 벌, 나비들
황홀함에 기웃기웃

일렁이는 춤사위
싱그러운 바람결 따라
벙글은 환희의 꽃 하늘하늘

수선화

꽁꽁 얼어붙은
긴 긴 동면 깨워
이른 봄 동토의 샛별처럼
수려한 면류관 쓴 님이여

아려오는 고뇌
얼룩진 슬픔을 씻은 듯
해맑은 미소 짓는
노오란 송이송이

오가는 이
반짝이는 눈빛에
소망과 소담스런 행복
안겨주는 싱그러운 자태

매운 꽃샘바람에도
단아하게 앉아
차거운 대지 환하게
밝히는 상큼한 향기여…

꽃잔디

풍성하고 따사로운
분홍빛 꽃송이들
옹기종기 둘러 앉아

서로서로
손에 손 잡고
고운 눈망울 반짝이며

그리운 님 마중하는
포근한 가슴에
오가는 뭇시선 목례하고

설레이는 발걸음 멈추게 하는
화사한 꽃물결 향연
꿈길인 양 황홀하여라

백목련

뼈속 깊이 아리는
아픔 숨죽이다
기나 긴 동면 깨어
봄 길을 마중하는

따스한 햇살에
꿈빛 나래 달고
송이송이 벙그는
순결한 자태

온 세상
저 멀리멀리
환한 꽃등불 켜
어두움을 밝히니

시리도록
눈부신 고고함에
살포시 가슴 여미어
하르르 눈을 감노라

뜨락의 철쭉

새 봄이 올 때마다
싱그러운 연녹색 산마루
아롱이는 명지바람 타고
학수고대하는 설레임

여리디 여린 가슴 열고
모진 비바람, 눈보라 헤치며
시린 숨결 감싸 안아
어김없이 먼 길 찾아 오는

환희의 사랑과 그리움
아련히 새기고 새기며
지순한 꽃마음 여울진
순결한 만남 입맞추고

그윽한 좀두른
화사한 미소 켜켜이
소담스런 꽃망울들
아름다운 詩香으로 흐르노라

조그마한 나의 정원

눈부신 햇살
가득 들어와 아롱이는
꽃바람 기웃 대고

설레이는 봄소식
그리움 살포시
수줍은 미소로

벙글어진 꽃송이
숭얼숭얼 피어나
은은한 향내음 열고

소담한 꿈의 정원
영혼의 詩香으로
분홍빛 낭만 가꾸어

황홀한 눈망울
화사한 꽃동산 바라보며
환희 가득찬 은총의 뜨락이여!

세월호야!

원대한 꿈망울 빛나는
금쪽 같은 생명들 데리고
어찌하여 너는 망망대해에
기울어져 있단 말인가

설레임의 무지갯빛 항로
휘몰아친 공포 밀물처럼 쏟아져
드센 바다 물결 춤으로
너울너울 수장 되어 갔단 말인가

서러운 영혼아!
서러운 영혼아!
세월 배를 타고 어디로
흘러흘러 숨어 있단 말인가

어두움의 바다
소스라치는 두려움 삼키고
애통하는 세계인 가슴 속에
속절없는 안타까움만 깊어 가는가

오늘도, 시퍼런 파도 타고
무지한 인간들 뺑소니 근성
흉흉한 소용돌이 몰고와
통곡의 메아리 꺼이꺼이 울부짖는가

원망스러운 세월호야!

칠흑의 뱃머리 오르내리는
하이얀 애곡 가슴 찢고
널브러진 침묵의 시신만
나뒹굴며 수몰 되는 요절함

애달픈 가족과 이웃
피맺힌 충격 땅을 치고 요동해도
그림자 없는 그리움 오가는
어찌할 수 없는 인간사인가

무심한 수평선에
일렁이는 분노의 아우성
절절한 슬픔 허우적대며
한 맺힌 눈물 얼룩져 실신한 유족들

오늘도,
적막한 고통 흩뿌리며
휘청휘청 깊어 가니
잿빛 설움만 맴돌고 맴돌아

아까운 꽃봉오리들아!
아까운 꽃봉오리들아!
피치 못한 채 어이하오리
피치 못한 채 어이하오리

슬픈 봄날의 노래

웃음꽃 화사한 봄나들이
심술궂은 돌개바람 덮쳐
애절하게 엄마, 아빠 부르고
아스라이 사라져버린 영령들이여

칠흑 같은 비통함 휘저으며
섬섬히 수놓은 오색꿈 묻고
솟구치는 핏빛 통곡 따라
머나 먼 곳으로 떠나버린 이들이여

억울한 님들 가는 길
어떤 변명도 대신할 수 없는 우리
노오란 리본 젖은 뜨거운 눈물
고개 숙여 사죄 드리며

통한의 팽목항 바닷물에
애달픈 생이별 진혼곡 목 메이고
서러웁게 떠난 님들 영혼의 깃에
포근한 비단 바람결 보내 드리오니

이승보다 더 아름다운 세상에서
고운꿈 무지개처럼 펼치어
언젠가는 그리움 나래 타고
천상의 재회를 소망 한다오

(세월호 참사 당한 고인과 유족들을 애도하며)

제2부

오월의 나무
- 이팝나무

5월이 오면
갈망의 눈빛 촉촉이
넝글어진 그리움 나무여

무엇이 너를
그렇게
사무치게 하는가

- 광주 5.18 민주 항쟁의 넋을 기리며

오월의 나무 – 이팝 나무

5월이 오면
갈망의 눈빛 촉촉이
넝글어진 그리움 나무여

무엇이 너를
그렇게
사무치게 하는가

평화로운 햇살 앉은 봄
처절하게 찢어지는
그 날, 피맺힌 절규

수척한 설움 휘감고
저 능선 너머 숨가프게 온
창백한 숨결 옹송옹송

가녀린 가지마다
시리디 시린 애달픔
온누리에 순백의 춤사위

소리없는 정령의 깃발
하늘하늘
흐드러지는구나

(광주 5.18 민주 항쟁의 넋을 기리며)

아카시아 피는 언덕에서

쪽빛 하늘
눈부신 햇살 빛나고
일렁이는 실바람 사이로
투명한 저수지 바라보이는
오월의 산마루

싱그러운 봄 왈츠 따라
설레이는 영혼의 나래
지난 날 아스라한 그리움
홍겨운 노래 부르며

순결한 자태 미소짓고
하늘거리는 춤사위에
그윽한 향 입맞추며
멀어져 가는 生의 여로

해맑은 추억
자박자박 걸어나와
달콤한 꽃잎 입에 가득 넣고
청초한 사랑의 내음
남실남실 가슴에 안았노라

어머님

굽이진 세월 강 따라
고부의 만남으로
지나 온 35년

희미해진 은빛 여정
자녀들 효심의 동산에서
헐거운 육신의 총기

구순 고개 넘으시고
버거운 가시밭 너머
아름다운 천국 향해

온전히 못 채워드린
막내 며느리 허물
관용으로 품으시고

은발의
면류관 쓰시고
영원한 꽃비단 길 되시길...

어머님 · 2

오월 향기 그윽한
빛부신 햇살 아래
지난 날 生의 골짜기
깊게 나눈 숨결 어울져

그림자 드리운 심연의 아픔
하늬바람에 너울너울 날리고
세월 물든 아련한 추억 속에
고운 눈빛 반짝이시며

아름다운 천상에서
평안히 내려다 보시고
자녀들 위해 기도하실
가신 님 발자욱 새기며

흐르는 강물 따라
환하게 미소짓던 얼굴
가슴에 안고 사노라며
먼 훗날 환희의 재회를 그립니다

(시모님 장례식을 마치고)

홍순복 어머님!

눈부신 5月의 햇살 아래
화사한 철쭉꽃처럼
향깊은 미소짓는 님이시여!

흐르는 강물 따라
수많은 꿈의 나이테 켜켜이
소담스런 모성꽃 피우시고

굴곡진 숱한 세월에도
선비 같은 지아비 섬기시며
자자손손 무지개빛 꿈과 번영 위해

고운 손 거칠거칠 메말라가도
흙내음 젖은 사랑과 희생으로
소중한 가정 굳건히 세우시고

허옇게 덮은 은발 헤아리시며
굽이굽이 여울진 생애 건너 온
팔순의 아름다운 삶이시여!

이제는, 뿌우연 노안 깜박이시며
저 높은 천국 주님 향하여
성경을 묵상하시는 고고한 자태

뜨거운 축하 박수 보내 드리오며
가정과 여정에 무한하신 하나님 축복과
은총의 빛살 찬란하길 두 손 모읍니다

(홍순복 어머님 팔순을 축하 축하드리며)

호반의 향연

하늘빛 청명한 날
손짓하는 아슴한 그리움 타고
귀여운 새들 노랫가락 따라
산들거리는 봄나들이

유유자적 꽃바람 나온
각양각색 다정스러운 사람들
소소한 일상의 담소 나누며
행복한 웃음꽃 날아다니고

삼삼오오 멋스럽게 헤엄치며
아롱다롱 뽐내는 잉어떼들과
한가로이 쌍쌍이 떠다니며
감미로운 밀어 소근대는 수련들

싱그러운 눈빛 반짝이는
꽃잎들도 눈부시게 만개하여
황홀한 꿈길인 양 어우러져
너울너울 옷깃 날리니

치렁치렁 시샘하는
연둣빛 수양버들 휘늘어져
낭만의 그네 타고 이리저리
흥겨운 춤사위로 한바탕 놀자 하네

금낭화

저 미얼리
흰구름 따라
솔향기 일렁이며
봄빛 익어가는 산마루

초록잎 걸치고
가녀린 가지마다
그리움 향 실은
대롱대롱 꿈망울

반짝이는 환희
설레임 다독이며
수줍은 추억 아롱진
무지개빛 연정

해질녘 어스름 따라
연분홍 꽃등불 메달아
임 오시는 길 밝히며
총총히 마중 나간다

금낭화 · 2

싱그러운 바람
송이송이 휘감고
학수고대하는
발소리 귀 기울이며

외로움 달래는
내밀한 속가슴
깊이 간직한 채

정성스레 접은
분홍빛 연서 안고
화사한 미소 살포시

자박자박
오르는 발걸음에
손에 손 잡고 달려와
화들짝 반기누나

낙화

화신의 꽃수레
분홍빛 꿈 만개하여
온 천지 사태나게 물들이던
눈부신 봄 날은 빛바래 흩날리고

미소 흐드러진 고운 몸 짓
흐느끼는 속울음 삼키며
이리저리 실바람에도 나뒹굴어
애절한 눈망울 손사래 치고

이제는 기약없이
떠나가는 무심한 세월처럼
남루한 그네 타고 우수수
쏜살 같이 뛰어 산화 되고

어느 덧, 황홀하던 숨결
도도히 흐르는 물결 따라
뭉그러진 배반의 생채기 달고
언제 오려고 덧없이 가야만 하는가

(어느 애달픈 죽음을 애도하며)

양산동 호수 공원

초롱한 별빛 정겨운 한여름 밤
휘영청한 보름달 마중 나와
고혹적인 미소 소곤대는 연꽃에
호숫가 푸르른 갈대들 하늘하늘

휘황 찬란히
수놓은 오색 음악 분수
각양각색 황홀한 몸짓에
발걸음 주저앉아 머물고

은은한 가로등 아래
이 곳 저 곳 추억 가꾸는
카메라 웃음소리
한 컷씩 아름드리 쌓이고

중복 열대야 꽃피듯 서성이며
生의 열정 다지는
상큼한 걸음 사뿐사뿐
어두움 헤치고 낭만 익어 간다

고향 우물가

흰구름 두리 두둥실
피어나는 산하촌 샘골
물동이 이고 나비처럼
모여든 살랑살랑 아낙네들

반짝이는 눈빛
심연의 꽃사연 풀어
아롱다롱 웃음꽃
해종일 흐르고 흘러

어느 덧,
서산마루 해
아스라이 기울어
능선 타고 뉘엿뉘엿

찰랑이는 그리움
맑은 물결 가득 담고
사랑하는 둥지 향해
조심조심 발걸음 재촉 한다

광주의 빛

무등산 높푸른 정기
묵묵히 흐르는 광주천 따라
정의의 물결 구비구비

先烈 붉은 희생의 얼
뜨겁게 하나로 뭉쳐
영원히 우뚝 솟은 義에 깃발

믿음과 소망의 숨결에서
사랑을 노래하는
순박한 빛고을이여

찬란한 무지개처럼
영롱한 그리움 손짓하는
정겨운 꿈속의 고향

그윽한 삶의 향기
생명꽃 일렁이는
藝鄕의 고장이어라

광주의 哀歌

높푸른 하늘 향해
찬란히 빛나는 입석대 아래
오늘도, 드넓은 가슴 활짝 열어
수많은 고뇌 다독이는 무등산

얼룩진 가슴
쓸어내리길 갈망하며
멍울진 설움 토해 내고
불의 압제에 항거 하던
용감한 투혼 깃발 날리고

예향의 숨결 깃든
고결한 얼 창조적 화폭에 담고
질곡의 역사 묵묵히 간직한 채
유서 깊은 금남로와 충장로

비통한 아우성으로
지천에 흩뿌려진 핏빛 생채기
한서린 유족들 묵묵히 기도 올리는
망월동 쓸쓸한 묘비

기나 긴 세월
고귀한 희생 위로하며
광주천에 얼비친 붉은 선혈
침묵의 눈물 애달피 흐르네

산딸기

신록의 6月
아슴한 눈빛 너머
솔향기 질펀한
유년의 뒷산 언덕

세월 방아 돌리는
아롱다롱 물보라
갖은 비바람에도
가시넝쿨 걸치고

오메불망 종종이며
초록 이파리 사이사이
새콤달콤한 사랑
옹기종기 메달아

소담스레 빛나는
선홍빛 미소 안고
애달픈 그리움 향해
고갯마루 숨차게 넘어오는

지고지순한 모정이여!

어머니의 편지

잔잔하고
자애로운 음성
속 깊은 마음 애절히
표현 하시던 님

철없이 굴던 딸
멀리 바다 건너 시집 보내
이별의 아픔 다독이시며
노심초사 앞서는 안타까움

가슴 젖은 조언 하시고
시모님과 남편 잘 섬기며
잘 살으라는 간곡한 당부
절절히 보내 온 서신

님의 한량없는 사랑
몇 날을 두고두고
하염없는 가슴앓이
흘러내리는 눈물들..

굽이진 세월 너머
그리운 님 떠오르며
아련히 다가오는 어머니
선명하게 새겨진 편지여!

영원한 그리움

초록 별빛 따라
무한한 상념 일렁이는
아름다운 밤하늘을 바라보네

외로움 떠 있는
돛단배처럼
엄마 뱃속에서 태어나

홀로 탄 세상 배를 타고
세월의 강물 따라
희로애락 흐르고 흘러

이 生을 마치고
유유히 건너
잔잔히 흐르는 은하의 강변

지고지순한
사랑 속삭이는
보고픈 어머니 별빛 곁에

반짝이는 나의 별자리
총총히 헤아리며‥
평화로운 꿈길처럼 거니네

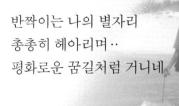

思母曲

5月 아카시아 향내음 따라
고운 적삼 소매섶에
시린 가슴앓이 삭이시며
꿈결처럼 걸어오는 아련한 자태

열 자녀 사랑과 희생
열 손가락 아픔으로
묵묵히 눈물의 기도 얼룩진
옥색 치마 자애로운 얼굴

종갓집 대식솥 끌어안고
보랏빛 인고의 세월 다독여
숭숭 뚫린 양말, 낡은 옷 챙기시며
근검과 절제 꿰매시던 모습

삶의 벼랑에 설 때마다
온유한 음성으로 교훈 하시며
앞 뜨락에서 피어나는 화초 위로
가꾸시던 해맑은 웃음

골 깊은 삶 절절히
지금도, 아름다운 천상에서
정성껏 기도향 올리실
사무치게 그리운 어머니 숨결··

(추모 16주기를 기리며)

비 오는 날

흐르는 빗방울 타고
즐비한 가로수
촉촉이 적시며
주루룩 내리는 그리움

기웃거리는
노오란 추억 열고
일렁이는 슬픔 고개 들어
걸어가는 詩心의 오솔길

커다란 우산 들고
도란도란 고운 꿈 키우며
다정히 거닐던
호젓한 그 거리 찾아와

일찌기, 별빛 안고
천상으로 간
해맑은 친구 아련한 미소
그렁그렁한 숨결로 다가온다

제3부

무궁화

팔월이 오면
겨레의 얼을 안고
쪽빛 하늘 날으는
그리움의 물결

반 만년
역사의 숨결 노래하며
청아한 진주 이슬 달고
온누리에 피고 피어

- 광복 70주년을 맞이하며

무궁화

팔월이 오면
겨레의 얼을 안고
쪽빛 하늘 날으는
그리움의 물결

반 만년
역사의 숨결 노래하며
청아한 진주 이슬 달고
온누리에 피고 피어

고난과 희생으로
이어 온 백의민족
서러움 둘둘 휘감고
아롱진 그윽한 향

애환으로 얼룩진 가슴
다듬다듬 아우르며
환희의 소망 품고
벙글은 온유한 자태

손에 손잡고
소용돌이 흐르고 흘러
하염없는 피울움
한숨짓는 고결한 봉오리

나라 방방곳곳
분홍빛 송이송이
사랑과 평화 뜨겁게 외치며
타오르는 영원한 꽃이여

(광복 70주년 맞이하여)

사랑하는 친구야!

굽이굽이 흐르는 세월
빛나는 밤하늘 별빛처럼
젊은 날 해맑은 가슴
싱그러운 숨결 풋풋하게

깊은 심연에 오가는
진솔한 영혼의 대화
푸르른 소나무처럼
뿌리 깊은 사랑 나무

세파의 파고에 출렁이는 삶
글썽이는 눈물샘 적실 때마다
한결 같은 우정꽃 소담스레 피워
아린 가슴 훈훈하게 덮혀주는 너!

영원한 천상을 향하여
나아가는 오롯한 나그네 길에
차곡차곡 올라가는 우리 우정탑
오늘도, 반석처럼 아름답게 쌓이는구나

천사 나팔꽃

눈부신 햇살 타고
이제나 저제나
내 님 오시려나
갈망의 뜨락에

천상에서
영혼의 찬미 울리며
영롱한 별빛처럼
살며시 건너 와

찬란한 생명의 빛
주렁주렁 꽃등불 매달아
설레이는 달콤한 입맞춤에
화들짝 전율하는 꽃송이들

실바람 따라 은은한 향
그리움 촉수 밝히어
고즈넉한 마음결
촉촉이 어루만지며

어두움 사위어
소망의 새 날을 여는
화사한 연다홍 사랑꽃
천사의 순결한 미소이어라

장대비

하늘의 호령인 양
섬광 같은 천둥 번개
어두움의 밤하늘 찢고
번뜩번뜩 놀래키며

검은 구름 드리운
산천 초목 위로
울부짖음 뚝뚝 떨어지는
싸늘한 울림의 빗소리

동서남북 돌아보며
지축없이 흔들리는
어지러운 세태 호통치는
절대자의 음성 아닌가

한 밤 내내 세상 향한
애통하는 사랑비 되어
온 대지를 후려치며
통곡의 눈물 쫙쫙 쏟아지네

자귀나무꽃

초어름 찬란한 햇살에
분홍빛 연지곤지
꽃단장으로 살랑살랑
손짓하는 화사한 자태여!

해맑은 그리움 알콩달콩
가꾸어 피어나는 꽃향
그윽히 다가가 求愛하는
길손에게 입 맞추는 눈빛

거치른 한 많은 세월
포근한 비단결처럼 어루만져
이웃에게 사랑의 향내음
건네주는 믿음의 꽃마음

세파에 야윈 창백한 가슴에
온유한 숨결 흥건히 적시어
무지개빛 꿈을 펼쳐 주는
신비한 소망의 꽃송이들여!

접시꽃 연가

희미한 낮달
내려보는 한 여름
뜨거운 햇발 노닐고
나뒹구는 고향집 앞 마당

색색이 미소 띤
풍성한 꽃송이마다
그리움 옹기종기 피어나
거니는 어머니 아련한 모습

시린 가슴 달래어
주름진 忍苦의 세월 자락
나붓나붓 어루만지며
정성스레 키우시던

깊고 깊은 은혜
함초롬이 서 서
하염없이 기다리는
임 닮은 사랑꽃이여라

비가 오네요

창밖 잿빛 어두움을 기르고
갈망의 대지를 촉촉하게
애타는 갈증 포근히 어루만지며
빗방울이 스멀스멀 내려와요

하이얀 그리움 메달고
푸르른 나뭇잎에 송알송알 수놓으며
아스팔트에도 무수히 동그라미 그리며
주룩주룩 정겹게 내려와요

머언 하늘 길 먹구름 타고
어디메서 헤매이며 돌고돌아
간절히 두 손 모아 염원하는
마음 달래며 미안함 안고 내려와요

어느 때보다 반갑게 마중하는
환희의 숨결 다정히 입맞추며
살가운 바람이랑 발걸음 가볍게
휘파람 부르며 시원하게 내려와요

가인의 집

싱그러운 봄 햇살 마중하는
연초록 들판을 바라보며
해맑은 그리움 피어나는
푸르름의 평화로운 둥지

별빛 같은 사랑 수놓아
아롱다롱 꽃사연 휘감고
끈끈한 정감 미소 걸친
아름다운 여인의 향기

그렁그렁한 외로움
쌉싸레한 잔 기울이며
영혼의 고뇌와 쓰라림
묵묵히 다독이며 삭이고

순박한 우정의 옷깃 엮어
이웃 초대하여 섬기는
맛깔스런 손 맛 수줍어
향 짙은 웃음꽃 피우고

흐르는 세월의 여울목
장미빛 찬란한 슬픔
여린 가슴으로 포옹하는
숲속 아늑한 보금자리

백두산 기행

흰구름 두리 두둥실
맴도는 능선 사이
민족혼 영롱히 투영 되는
천지의 타원형 하늘빛 호수

해발 2744m 구비구비
그리움 레인코트 걸치고
줄줄이 찾아오는 민족의 발걸음
그렁그렁 눈빛으로 반기는

대초원에 즐비하게 앉은
이름 모를 야생화 청초한 미소
장백폭포 하이얀 물줄기 따라
신비한 금강 대협곡을 지나

반세기 너머
겨레의 얼을 안고
압록강 핏빛 침묵 속에
시린 풍상 세월 흐르고 흐르는

자욱한 안개 헤치고
민족의 염원하는
평화 통일 그 날이
속히 다가오길 간구하며

아슴한 추억 둘러매고
저며오는 설움 재촉하여
국토 최정상 고지에서
애잔한 가슴 쓸쓸히 돌아오네

자작나무의 꿈

싱그러운 바람결 휘감고
정겨운 새들
청아한 노래 들으며

이웃과 아우르는 정분으로
다정히 무리지어
올곧게 드넓은 가슴으로

세파의 흔들림에 부대끼며
가냘픈 몸짓에
세월의 상흔 덕지덕지 두르고

파리하게 창백한 얼굴
고독에 찌든 외로움 가눌 수 없어
지난한 삶의 통증을 다독이며

히멀건한 자태
우람한 가지 거느리지 못해도
수척한 숲속이 늘 풍성하기를

포근한 햇빛과 달빛으로
숱한 휘모리에도 지탱케하는
저 높푸른 하늘 向하여

오늘도
간절한 기도 위해
양 팔 벌려 두 손 모으네

갈매기 연정

쏴아 쏴아
파도의 밀어
소망과 낭만 실어
멋진 춤과 노래
아침을 열고

아스라한 수평선
푸른 물결 찬연한 바다
반짝이는 은빛 나래
환희의 그림을 그리며

환상의 군무
너울너울
신비로운 몸 짓
가던 길 뒤돌아 서

정겨움 배웅하는
사랑의 손 인사
향그로운 입맞춤 하고

석양이 오면
더 높은 머나 먼 곳으로
찬란한 비상을 꿈꾸며
그리움 따라 떠나는 벗이여!

아버지

강직한 성품
義를 지향하시며
젊은 날 독립 운동으로
민족과 나라를 염려 하시던

왜곡된 시국 앞에
어려운 투옥 생활
한 많은 시름 쓴 술잔으로
평생을 묵묵히 달래시던

온 집안 대소사에
최선을 다하시어
헛기침에도 숨죽인 가족들
엄격한 교훈으로 다스리던

버거운 세월 뒤로
사랑하는 피붙이들 남기고
안타깝게 돌아가신
그 깊은 아쉬움에

이제는, 세월의 뒤안 길에서
님의 크신 사랑
넓은 그늘을 부족한 여식은
애닲게 그리워만 합니다

아버지의 눈물

모진 질곡의 삶 묵묵히
가정의 대소사 살피시며
묵언수행 하시던
근엄하신 모습
오늘은 더욱 그립습니다

종갓집 거느리는 형제들
대가족의 버거운 짐 짊어지고
삶의 터전에서 수고 하시던 모습
언제나 태산 같은 기둥이셨습니다

설핏 침묵하신 모습 늘 어렵고
먼 곳에 계시는 것 같았던 님
어느 날, 허약한 언니 시집 갈 때
눈가에 아롱진 이슬 방울들..

이 세상 떠나시기 달포 전
허약한 늦둥이 딸 손 잡고
병원 문 오르내리시며
눈시울 붉히신 피울음

기나 긴 세월 흐르고 흘러
님께서 떠나시던 나이 되어
먹먹하고 시린 가슴으로
하염없이 그리워합니다

큰 아들

신새벽 열어
우주의 침묵을 깨고
우렁찬 울음소리

천사 같은 볼 부비며
살갑게 안겨
엄마라는 첫 설레임
행복을 안겨주던 너

꼼질꼼질
꽃눈길 마주치며
감추인 젖꼭지 물리며
모성의 환희 벅차게 하던 너

싱그러운 감동의 물결 따라
너를 보내주신 하나님께
영혼의 찬미로 화답케 하던 너

이제는, 어느 새
어미의 아픔을 정겹게
위로하는 듬직한 음성
늠름한 기상으로

저 넓은 대양을 향해
의젓한 가슴으로
씩씩하게 나아가는구나!

큰 아들 · 2

품안의 사랑
어느 덧 튼실히 자라
아름드리 소나무처럼
든든한 버팀목

여린 가슴 헤아리고
외로움 살펴주는
포근한 동행 되었네

믿음과 겸손의 띠
굳게 두르고
아우르는 너그러움

저 드넓은
세상을 향하여
끝없이 깊고 넓게
뿌리 내리려므나

작은 아들

청운의 꿈을 안고
둥지 떠난 네가
행복을 날라오는
파랑새인 양

기쁨의 샘물로
성실과 근면으로
앞장 서는
나의 분신아!

잔잔한 호수에서나
매운 삭풍에서나
진리의 빛을 따라

믿음, 소망, 사랑으로
곧은 심지
싱그러운 기상으로

저 높은 창공을 향해
독수리 나래처럼
힘껏 비상 하기를
엄마는 간절히 기도 올린단다

작은 아들아 · 2

탯줄 끊고
서른 해 성큼 넘어
반짝이는 햇살 마냥
해맑은 미소 짓는 너!

선한 꿈 키워가며
아름다운 섬김
진리의 숨결로

싱그러운 숲에서
일렁이는 솔향기처럼
근면, 성실함 입고

내일의 소망
진지한 열정으로
줄기찬 발걸음 뚜벅뚜벅
힘차게 걸어가는구나!

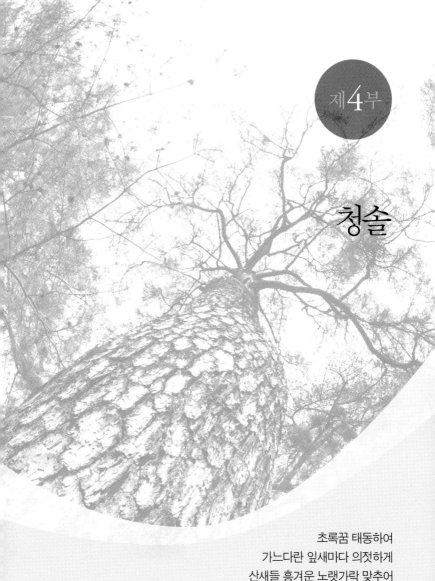

제4부

청솔

초록꿈 태동하여
가느다란 잎새마다 의젓하게
산새들 흥겨운 노랫가락 맞추어
싱그러운 솔향기 날리며

임 향한 일편단심의 그리움
사시사철 청청한 녹색옷 입고
언제나 해맑은 영혼의 노래
숱한 忍苦의 나이테 휘감으며

청솔

천년의 숨결
원대한 창공으로
비상하는 독수리처럼
나래 펼쳐 올곧게 솟은
꿋꿋한 기상 펼치며

초록꿈 태동하여
가느다란 잎새마다 의젓하게
산새들 흥겨운 노랫가락 맞추어
싱그러운 솔향기 날리며

임 향한 일편단심의 그리움
사시사철 청청한 녹색옷 입고
언제나 해맑은 영혼의 노래
숱한 忍苦의 나이테 휘감으며

풋풋하게 서 있는 고결한 얼
모진 세월 풍파에
찢기고 어긋난 가지마다
붉게 얼룩진 상흔 다독이며

곧추세운 푸르른 소망
어두운 잿빛 세상 向하여
질책하는 듯 늠름한 자태
오가는 정겨운 눈빛 마중하며
포옹하는 산하의 무궁한 거목이여!

도라지꽃

아침 햇살 두른 산새들
싱그러운 노래 부르며
솔바람 일렁이는
초록빛 호젓한 언덕

간밤, 천상의 별꽃들
살금살금 내려와
진주 이슬 머금고
송이송이 둘러앉아

반짝이는 샛별처럼
빛나는 꿈 찬연하게
살포시 속삭이는
사랑스런 숨결

오손도손 아우르며
향그러운 꽃마음
정겨이 살고지고
청초한 자태 활짝 미소짓네

금오산 사랑탑

푸르른 산 정상
빛나는 햇살처럼
깊고 깊은 사랑

무심한 낙동강 물결 위로
짧은 생 마감한
장애 손자 띄워 보내

비바람 굽이쳐도
한결같이
믿음으로 우뚝 서 서

사무치는 그리움
올라가는
할아버지 애달픈 소망

아름다운 천상에서
일곱 빛깔 무지개 꿈
찬란하게 펼치기를

십년 세월
하루인 양 차곡차곡
기도 드리는 공든탑이여!

별

창 열고 밤하늘을 보노라면
꿈길인 양 드넓은 천상 바다에
오색 반짝이는 환희의 별꽃 향연

잔잔한 은하의 강물 따라
오작교 견우 직녀 애달픈 사랑
청사초롱별 그윽히 밝혀 놓고

달님 곁에 함초롬한 우정별
신비한 청보석 홍보석 마냥
정겹게 해밝은 미소 짓고

유년의 한 여름밤
옥토끼, 계수나무 이야기 심어준
그리운 엄마별 영롱한 눈빛 마주치고

무심한 세월 흘러흘러
황금빛 詩香의 영원한 샛별
찬연히 초롱초롱 빛나누나

고향의 뜨락에

8월의 생글벙글 햇살
평화로이 둘러앉은
아담한 탯자리 고향 마당

다정한 나팔꽃, 해바라기
봉숭아, 맨드라미랑
해맑은 웃음꽃 채색한

뜨거운 가슴에
먹구름 헤치고 달려온
시원한 소나기 사랑 흥건히

아롱다롱 꽃송이마다
유년의 작은 소망
오색꿈 키워 주던

아자자기한 행복 정원
잔잔한 추억 노래 부르며
그리움의 세월 아스라이 손짓하네

처서

날뛰던 무더위
살며시 꽁무니 감추고
풀벌레 노래 분주하게
가을 서곡으로 목청 돋우네

계절 틈새
머물고픈 세월 자락
따가운 햇발 나뒹굴며
막바지 눈치 살피고

부드럽게 애무하는
서늘한 바람결에
풋풋한 꿈 영글어가는
벼이삭 겸허히 숙이고

파아란 하늘 저 멀리
평화롭게 비상하는 철새들
고향 그리워 유유히
하늘 길 닦고 있네

사랑이여!

임 향한 그리움
비단결 꽃바람 타고
사운사운 날으는 꿈길
그윽한 향기 되어
그대 뜨락에 피어나네

임 향한 그리움
오색빛 나래 펼치어
청아한 노래 부르며
한 마리 앵무새 되어
그대 가슴을 두드리네

임 향한 그리움
굳게 닫힌 빗장에
아련히 머무르며
은은한 달빛 되어
그대 영혼에 비추이네

임 향한 그리움
서성이는 발걸음에
애달피 얼룩진 눈물
동녘의 샛별 되어
그대 창가에 영롱하게 반짝이네

메주

고향집 시렁에
주렁주렁 매달린
풋풋한 그리움

자애로운 할머니
골 깊은 주름살 사이
질척이는 옹이진 세월
눈물로 삶고

정성으로 빚어
푸르슴히 발효된
해묵은 사랑꽃

매끈한 밥상
대들보로 좌정하는
구수한 향기의
곰삭은 네모의 얼

할머니

동백기름
참빗으로
은비녀 단장한 흰허리

눈물꽃 얼룩진
옷고름 사이로
하이얀 그리움 일렁이는

정갈한 정독대에
곰삭은 메주들 검정 숯땡이
빨간 고추 출렁이며
서산 마루 해는 뉘엿뉘엿

별빛 초롱한
밤 하늘에
초저녁 달 빼꼼히
고개 내밀면

어린 손녀
무릎에 뉘어
차가운 손에 털장갑
발에는 꽃버선 신기우고

달아달아 밝은 달아
이태백이 놀던 달아
새야 새야 파랑새야
녹두밭에 앉지마라

골 깊은
주름살 타고
까만밤 지새우던
구성진 노랫가락 자장가
흐르고 흘러가고..

9月

저 여름 언덕 너머
뭉게뭉게 흰구름 따라
서늘한 갈바람 휘감고
먼 발치에서 서성이던 그대

메마른 대지에
그리움의 눈물 흩뿌리며
구성진 풀벌레 노래 달고
살금살금 다가 왔나요

쪽빛 하늘 날으는 철새랑
색색이 물든 코스모스 위로
빨간 고추잠자리 한가로이
노닐며 춤추는 경이로움

숲속 나뭇가지 나풀거리는
잎새들 황홀한 단풍꽃 준비하며
깊어가는 우리들 우정과 사랑도
들녘의 벼이삭처럼 익어가고

성숙의 계절
그대 발걸음 소리 들려오니
벌써, 설레이는 詩人의 가슴
문 열고 환희로 마중하네요

사랑초

눈부신 햇살 반짝이는
싱그러운 녹색 둥지에
영롱한 미소 생글생글
분홍빛 꽃송이들

뿌리지도
심지도 않았는데
어디에서, 어떻게
누구랑 왔을까?

적막한, 나의 뜨락에
오손도손 정겨이 앉아
영혼의 보석처럼
소곤대는 사랑의 숨결

여명의 별빛 너머
긍휼히 내려 보시는
내 님의 선물인가 봐
내 님의 선물인가 봐

고향의 가을

머얼리서
고요한 정적을 깨며
들려오는 기차
아련한 기적 소리

새하얗게 걸친
빨래 바지랑대 사이
집 지키는 검둥이와 백구
이리저리 나뒹굴며 장난치고

고추잠자리 맴도는 앞 텃밭
누런 호박덩이 넝쿨채 앉아
키다리 수숫대와 탐스런 가지
아롱다롱 정겨운 눈빛 오가며

따가운 햇살 쨍쨍
내려오는 마당 한 가운데
할머니가 널어 놓은 빨간 고추
바스라지는 소리랑

서녘 하늘 붉게 물들어
동네 초가집 곳 곳
모락모락 올라오는
굴뚝 연기 너머

장보러 나간 엄마 찾아
오매불망, 울먹이던
그렁그렁 눈물 마냥
꿈속의 고향 아슴히 다가오네

고향 추석

빨간 봉숭화 꽃망울
백반에 꼭꼭 찧어 넣고
엄마랑, 언니랑
고사리 손에 꽁꽁 묶어

뜬눈으로 아리고 아려도
손톱에 매달린 고운 꿈꾸며
설레임 하얗게 지새우고

반달 송편, 둥근달 송편
정성껏 소쿠리 가득 빚어
마을 뒷산 휘엉청 보름달
두리둥실 떠오르길

간절히 손꼽던 날들
엊그제 같은데
어느 새, 이순 너머

한가위 앞둔
노오란 추억 빗장 살며시
열고 아련히 걸어오는
유년의 오색빛 그리움

저 천상에서
어두운 밤 빛나는 별처럼
방그레한 하이얀 미소
초롱초롱 내려 보시나요

보름달

잔잔한
은하의 강변에
진주빛 사랑 수놓아
눈부신 길 열렸네

우주의 꿈나래
바람 따라 별빛 따라
구름 계곡 구비구비
만삭된 그리움 노 저어

허허로운
창백한 가슴
차곡차곡 쌓인
상념의 창가

스멀스멀 안기는
고운 입맞춤 감미로이
영혼의 그윽한 환희로
휘엉청 밝아오네

보름달 · 2

밤하늘에 하염없이
평화로운 미소 열며
이 곳 저 곳 밝히는
소망의 둥그런 달님

세월 강 너머
구름 따라 들길 따라
여울지는 그리움의 달무리
오로라처럼 사운사운 다가와

온 가족 오손도손
거닐던 고향 산마루에
꿈빛 일렁이는 은하수 나라
신기루 안겨 주던 은빛살

지금도, 한 밤중
발걸음 지키는 뽀얀 얼굴
정겨운 추억 업고 회상의 길목
두리 두둥실 두웅둥 떠오르네

보름달 · 3

매월 보름이면
올곧은 믿음 어김없이
한결 같이 솟아오르는
쟁반 같이 해맑은 얼굴

은하의 강물 따라
무한한 소망 드리우고
하늘 바다 휘영청
찬연한 빛살 비추이며

가도가도
보이지 않는
온누리 저 머얼리
두루두루 살피며

칠흑의 적막함
홀로이 아니 두고
긍휼의 눈망울
어두운 우주를 밝히고

이웃과 넉넉한 숨결
정겨운 발걸음 인도하여
아련한 그리움 맴도는
영원한 동행이여라

제5부

아름다운 무등산

장불재 고운 철쭉의 꿈
황홀하게 피어나고
갈바람 걸친 하이얀 억새꽃
흐드러진 그리움으로

역사의 골짜기마다
빛고을 밝게 비추이는
선인들 고귀한 충절
유구한 발자취 새기며

- 무등산 국립 공원 승격을 기념하며

아름다운 무등산

청잣빛 하늘 아래
구비진 능선을 돌아
천년의 전설 휘감은
우뚝 솟은 입석대

장불재 고운 철쭉의 꿈
황홀하게 피어나고
갈바람 걸친 하이얀 억새꽃
흐드러진 그리움으로

역사의 골짜기마다
빛고을 밝게 비추이는
선인들 고귀한 충절
유구한 발자취 새기며

투명한 정기 흐르는
청초한 구절초 숲길 따라
산새들 청아한 노랫가락에
산사의 계곡 맑은 물소리

오르내리는 뭇사람
환희와 애환 아우르는
우리들 축복의 보금자리
영원히 자랑스러운 명산이여!

(무등산 국립 공원 승격을 기념하며)

가을 서정

청명한 햇살 쏟아지는 날
아슴히 보일 듯 말 듯
앙징스레 손짓하는
이름모를 풀꽃들 소곤대며

하늘거리는 억새 사이로
이리저리 넘나드는 다람쥐
귀여운 눈빛 맞주치며
잔재주 신기하고

색색이 단장한 코스모스
나붓거리는 춤사위로
꿈길처럼 사뿐사뿐 걸어가는
초로의 여인 콧노래 날리며

고즈넉이 깊어가는 산마루
아쉬운 세월 단풍 빛으로
온유한 숨결 울긋불긋
한 폭의 수채화 마냥 물들이고

허전한 어깨 위로
한 잎 두 잎 떨어지는
숲속 나뭇잎들 스산하게
후일의 작별을 예고하네

가을 소묘

호수보다 투명한
청옥빛 하늘 높아만 가고
평화로운 대자연은
설레이는 환희로 찬미하며

지난 여름, 비바람
짓궂은 참새 떼에도
허수아비 멋진 춤사위로
누런 벼이삭 꿋꿋이 자리 지키며

서늘하게
살랑이는 바람결에
노래하며 춤추는
은빛 억새 미소 짓고

오색 찬란히
물들어가는 단풍꽃
거친 세파에 내몰린 영혼들
부드럽게 토닥이며 위로하네요

가을의 노래

소슬한 바람 살며시 휘감기며는
굽이굽이 흐르는 긴 긴 여정에
그리움 반짝이는 눈망울로
얼마나 정겨운 마중을 하는가

드높은 하늘
잔잔히 흘러가는 흰구름도
형형색색 찬란히 물드는 단풍잎도
얼마나 뿌듯한 환희로 설레이는가

오색빛 일렁이는 너를 만나면
주렁주렁 빛나는 꿈의 열매와
농부들의 깊은 사랑의 수고로
얼마나 우리 몸과 영혼이 풍요로운가

무르익은 광활한 들녘
지난 날 혹독한 폭풍우와 숱한 고뇌도
성숙한 깨우침의 눈물꽃 달고
얼마나 고결하게 아름다운 미소를 짓는가

그윽한 향기 열고
원대한 우주를 바라보며
자연을 창조하신 님께 감사 드리면
얼마나 충만한 은총의 축복으로 행복한가

가을 이별

10月 쪽빛 하늘 아래
찬란히 물드는 단풍들과
빛나는 꿈빛 열정 노래하던
그의 음악 소롯이 올려놓고

쓸쓸한 가을 날
하늘 향해,
침묵의 고뇌 거두고
혼란한 세상에 토해 내는
용기 있는 독설을 남긴 채

한 줄기 소망 날리며
소슬한 갈바람 따라
애달피 떠나는 낙엽처럼
사랑하는 이들에게 길지 않는
추억의 세월 안겨 주고

순애보처럼 영원히 기억 될
아름다운 사랑과 그리움 안고
그렁그렁한 삶의 무상을 보여 주며
애절한 숨결 서둘러 우리 곁을 떠나 갔다

(고 신해철씨 안타까운 죽음을 애도하며)

무등산 편백림

청옥빛 하늘 이고
눈부신 햇살 휘감아
올곧게 우뚝우뚝 선
서늘한 수목의 향연

청정한 숲속의 밀어
잔잔한 사색 일렁이며
들숨 날숨 춤사위
평화의 나래 비상하고

이름 모를 산새들 흥겨운 가락
귀여운 다람쥐 재롱 벗 삼아
심연에 머무르는 피톤치드
청아한 영혼의 노래 읊조리고

오가는 길손들
손짓하는 솔바람 따라
세월 짓눌린 심신 달래이며
바튼 숨 다독여 쉬엄쉬엄 가라하네

무등산을 거닐며 - 봄

봄 꿈 여는 쪽빛 하늘과
눈부신 햇살 가득한 산자락
노오란 개나리 흐드러진 몸짓 사이로
살랑이는 연분홍 진달래 꽃봉오리들

푸르른 나뭇가지 오가며
평화롭게 노닐며 노래하는
산까치 나랫짓에 마음 실어
초로의 그리움과 설레임 메고

진솔한 영혼의 갈망
꿈 길 같은 세월의 여로를
상큼한 걸음 스멀스멀 옮기며
한 발자욱 한 발자욱 걸어 간다

아름다운 봄날의 전령과
정겨운 사색의 밀어 수런수런 나누며
마알간 눈망울 깜박이는 다람쥐 귀여운 재롱
순백의 웃음꽃 배낭에 가득 담고

오늘도, 흐르는 구름 따라
스치는 바람 따라
찬란한 빛과 그림자 동행하며
구불구불한 산 길을 걸어 간다

무등산을 거닐며 – 여름

뜨거운 여름 산마루
눈부신 햇살도
해맑은 미소 걸친
평화로운 숲속으로 가네

갖가지 꽃송이
아름드리 어울려
은은한 향내음 휘감아
손짓하며 하늘거리고

산까치 나래짓하는
부드러운 바람결 사이
행복꽃 만개한 계곡으로
삶의 고뇌, 헉헉이는 짐 털고

지친 심신 달래며
졸졸거리는 투명한 물소리에
마음 자락 초록으로 물들어
영혼의 노래를 흥겹게 부르네

무등산을 거닐며 – 여름 · 2

8월, 쪽빛 하늘이 속삭여요
황홀하게 올려보며 꿈을 펼치는
그대 사랑하는 눈빛 있어
푸르름으로 일렁이는 가슴
하염없이 드넓히노라고

새벽 영롱한 이슬 머금고
피어나는 들꽃들이 속삭여요
행복하게 바라보는
그대 사랑하는 눈빛 있어
싱그러운 미소 안겨 주노라고

산속 나뭇가지 오르내리는
귀여운 다람쥐가 속삭여요
한결 같이 재롱을 바라보는
그대 사랑하는 눈빛 있어
신비한 환희 안겨 주노라고

초록빛 숲속에서 청아하게
지저귀는 산새들이 속삭여요
정겹게 듣고 즐거워하는
그대 사랑하는 눈빛 있어
노래하며 멋지게 비상 하노라고

무등산을 거닐며 – 여름 · 3

피어나는 꽃구름 사이로
빛부신 햇살 번져오니
한 여름 시원한 숲속에서
애절한 매미 연가 토해내고

부드럽게 감싸는 바람결
젖어오는 땀방울 식히며
눈 앞에 펼쳐진 산너울
하늘빛 그리움 일렁이고

이 곳 저 곳 오르내리며
눈빛 반짝이는 다람쥐 재롱
버거운 삶의 그림자 휘날리며
벙글은 웃음꽃 깔깔대고

골짜기 졸졸거리는 투명한 물소리
끝없는 세속의 번뇌 씻어 내어
청아한 영혼의 노래 부르며
싱그러운 가슴 화알짝 열고

올려보는 파아란 하늘
사색의 꿈을 채색하며
나뭇가지 산까치 나래짓에
총총 옮기는 발걸음 신명나네

무등산 억새

소슬 바람
깊어가는 산 능선
회억의 물결 하늘하늘
순결한 군무

고독의 심연
거세게 핥는
어두움의 흐느낌
서걱서걱 날리며

야윈 세월 붙잡고
흔들리는 숨 고르며
거센 삶의 깃발 꿋꿋이
일어서는 의연함

타오르는
원대한 소망
새 날을 꿈꾸는
눈부신 고고함이여!

무등산 억새 · 2

세월 더듬어
온 발자취 따라
꽃보다 고혹적인 미소
사스락 사스락

하늘 길 떠난
그리운 님 향하여
은빛 머리칼 나부끼며
날갯짓 비상하는

버거운 삶
훌훌 털고
영혼의 뜨락에서
꿈꾸는 노래 부르며

움츠린
숨결 펼치어
가녀린 허리
살랑살랑 저어가네

무등산 억새 · 3

외로움
풀벌레 음률 타고
영혼의 노래 읊조리며
굽이도는 홍悲 걸치고

속앓이
쓰러질 듯 쓰러질 듯
손사래치며 일어서
얼룩진 세월 지우며

고이는 애달픔
머얼리 산골짜기에
골깊은 여정 다스리는
순백의 몸 짓

노을빛 일렁이는
황혼의 그리움
갈바람 따라 너울너울
오롯한 춤사위여!

산장의 가을

권능의 햇살 내려와
오색 물결 일렁이는
찬란한 무등의 산자락

사색의 길 걷고 걸으며
단풍빛 물드는
환희의 숨결 다독여

보일 듯 말 듯 보이는
아련한 하현달 응시하며
삶의 喜悲哀樂 내려놓고

그리움 휘감아
울먹울먹 나뒹구는
낙엽은 애달피 보내고

소망의 나래로
내일을 잉태하는 나뭇가지
꿈 이야기 귀 기울이며

이별과 재회 오가는
기나 긴 세월
포근히 안아 보노라

가을에는

광활하게 흩뿌려진
쪽빛 물감처럼
높아만 가는 하늘
흰구름 뭉게뭉게 흐르고

손사래로 반기는
오색 단풍 고운 능선
함초롬히 피어난 산국화
노오랗게 미소 짓고

빛바랜 이파리 나풀거리는
상수리 나무에 어디선가 날아와
그리운 님 부르는 낯선 새 한 마리
애달픈 노랫가락 구성지고

누렇게 익어가는 들녘
허수아비 눈웃음으로
알알이 여무는 벼이삭
탱글거리는 소리 숨차오르고

사위어 가는 노을에
은빛 억새 살풀이도
휑한 외로움 달래며
살랑살랑 나부낀다

가을에는 · 2

아스라이 흐르는
하얀 조각 구름 사이
빛바랜 추억들 걸어 나와
시나브로 기지개 켜고

산 그림자 드리운 길섶
뒤척이는 풀벌레들
애련한 그리움 이울대고

색동옷 입은 단풍꽃
산새들 청아한 노래 타고
갈빛 향연 깊어 가고

침묵 속에
서성이는 낙엽도
억새와 갈바람이랑 나란히
기나 긴 여행길 떠난다

가을비

해종일, 주룩주룩 오는 비에
곱게 물들어가는 오색빛 단풍
슬피 울며 서러이 떠나가네

고즈넉한 숲길
가슴 저미어 오는
싸늘함 더욱 재촉하듯

차거운 대지
홀로이 젖은 눈물방울에
야속한 갈비 내리고 또 내리네

쓸쓸함에 온기 채워 줄
반가운 님 오실까?
행여, 쫑긋 세우는 귀

누군가 발걸음 아니오고
회색빛 그리움 드리운
굵은 빗줄기 마디마다

휑한 설움 채우는
무심한 빗방울 소리
추적추적 더 거세어지네

제6부

단풍빛 고운 날에

어느, 유년의 설날
아롱다롱 색동옷 입고
거울 앞에서 수줍은 웃음
날리던 추억의 그 날처럼

황홀한 단풍꽃 달고
소담한 세월 노래 부르며
오늘도, 고운 님 思慕曲으로
본향을 향하여 오르고 오르노라

11월 나들이

구비구비 오르내리는
늦가을 향연 따라
형형색색 무르익어
낙하하는 황홀한 단풍 길

울긋불긋 고운 자태에
설레이는 가슴 부풀어
이 곳 저 곳 추억 한 움큼
찰칵찰칵 사진기에 담아

넘어가는 서녁 노을에
무르익은 꿈빛 반짝이며
배웅하는 노오란 은행 이파리
소슬바람에 하롱하롱 날리며

기약 없는 세월 소리 없이
눈물짓는 낙엽들 사이로
아쉬운 발걸음 저물어 애달픈
詩香 읊조리며 쓸쓸히 돌아서네

늦가을 소묘

높푸른 하늘 조각구름
정처 없이 떠돌아다니며
소근 대는 햇살 웃음
소슬한 갈바람 휘감기고

앞 뜨락에 색색이 피던
그윽한 국화향 무르익어
맨드라미 뜨거운 열정은
서서히 떠날 채비 서두르며

벌써, 해 그림자
길게 드리운 강변 언덕
눈부시게 나부끼던 갈대꽃
하늘하늘 사위어가니

황금빛 물들어 가는 석양
강자락 너머 여러 해
소식 없는 옛 친구 그리워
머나 먼 고향 길 떠오른다

떠나가는 가을

미지의 풋풋한 소망 향해
푸르렀던 그 날의 숲 길에서
한 걸음 한 걸음 뚜벅뚜벅
간절히 기도 올리던 숱한 날들

따가운 해시계 눈총 따라
짧아지는 노을빛 산모롱이
돌고 돌아 어두움 재촉하여
내밀한 生의 너울 두르고

아슴히 설레이던
꿈의 그림자 눈물 흘리며
우수수 쌓이는 낙엽의 숨결
세월 생채기 포근히 덮고

고단한 가슴 추스르며
애달픈 님 저 머얼리
사라지는 발자욱 소리
긴긴 밤 하얗게 지새우고

차거운 삭풍의 대지
뽀오얀 그리움 채색하며
살며시 다가오는 계절의 전령
순결한 옷자락 펼치네

낙엽

너머가는
노을빛 걸친
황혼의 언덕에
나부끼는 갈바람
쓸쓸히 휘감기고

빛바랜 단풍잎들
호숫가 에서 살랑살랑
떠날 채비를 서두르며

대롱이는
메마른 잎새들도
유유자적한 침묵으로
흔들리는 가슴 뒤척이어

유유히 떠도는
하늘 구름에
허허로운 숨결 띄우고

광활한 우주에
생성과 소멸의
비밀을 잉태한 채

아득한
여행길 나서는
너는 어디로 가는가

만추

저물어가는
회색빛 상념 위로
자욱한 그리움
시나브로 멀어지고

희미해지는
회한의 속앓이
발자국에 뭉그러져
스멀스멀 사라지며

추억의 그림자
고즈넉이 눈을 감고
쌓이는 낙엽처럼
사그락사그락

半裸의 숲은
외로움 사위어
몽롱한 잠으로
살며시 문을 닫는다

만추 · 2

지난 날
찬란히 물들었던
싱그러운 오색빛 꿈길
환희의 숨결 회상하며

설레이며
가슴 뛰던 그 날들
곱게 채색된 추억의 조각
둘둘말아 묵묵히 간직하며

쓸쓸한 바람결에
차곡차곡 쌓았던
욕망의 부스러기 쏟아
푸석이는 순간들 휘날리며

나뒹구는
빛바랜 낙엽들 사이로
헐거워진 열정 추스러
뒤돌아서 옷깃 여미고

너머가는
노을에 시린 눈물 떨구어
아쉬운 작별의 발길 나서네
후일에 재회를 소망하며...

가을 애상

찬란히 물든 단풍잎
우수수 날리던 갈숲을
다정히 거닐던 순간들도

너와 나 함께 한결같이
다니던 그 길 위로
우리들의 발자국은

소복소복 쌓이는
빛바랜 낙엽으로
덧없이 사라졌지만

흐르는 세월에도
마지막, 이별을 고하던
너의 슬픈 눈망울

솔향기처럼 채색된
나의 영혼에
그리움의 별빛으로
영롱히 숨쉬고 있구나

중국 태항산

어스름한 새벽녘
서서히 기상 열리며
원대한 가을 하늘 아래
청물빛 뚝뚝 떨어질 듯
빛부신 햇살 천지 밝히고

신비한 창조의 자태 뽐내며
돌두루마리 첩첩이 쌓아 올린
기암괴석 사이사이 앉은 소나무들
흐르는 세월 자락 멋드러진 폼 잡고

골 깊은 대협곡 구비구비
돌고 돌아 정상 까지 이어지는
황홀한 풍광 환희의 햇살 어울져
청정한 심호흡 갈숲 채색 하고

태곳적 장관 기염 토하며
내리 쏟아지는 하이얀 폭포수
오르내리는 뻐근한 허리 펼치어
가픈숨 몰아 촉촉한 땀방울 얼룩지고

산 언덕 아늑한 촌 동네
아이들 해맑은 눈망울 초롱초롱
순박한 노인들 정겨운 웃음꽃 피는
아기자기한 숨결 심산유곡 별빛처럼
한폭의 수려한 동양화 촘촘히 수 놓았네

중국 태항산 · 2

쪽빛 하늘에서
마중하며 살포시 미소 짓는
하이얀 낮달 올려 보며
천혜의 숨결 손짓하는 능선 올라

눈앞에 펼쳐진 수채화
경건한 옷깃 여미어
신묘한 자연의 웅장함
설레임 하나 된 바람 타고

인류에게 부여하신
절대자의 경이로운 권능
영혼의 찬미 청아하게
심연 그윽히 울려오고

산 정상에서
사랑스레 노니는
귀여운 원숭이들 잔재주
행복꽃 매달아 깔깔웃음 날리고

광활한 대륙 아스라이
발걸음 하나, 둘 옮기며
오색빛 상념의 나래 너울너울
잔잔한 詩想 안고 살며시 돌아서네

다락 힐링 음악회

화사한 조명 아래
창조주가 부여하신
감성과 환희의 낭만 수놓아
다양한 끼와 반짝이는 재능

시월의 멋진 날
꿈빛 소망 일렁이는
아름다운 하모니 축제
촉촉한 감동 무르익어

구비진 삶의 오솔길
장애인, 비장애인
정겨이 둘러 앉아
푸르른 행복꽃 오롯이 피어나네

(각화 문화의 집 가을 콘서트 축하하며)

첫 눈 오네요!

지극히 높은
천상의 환희 달고
송이송이 내려오는
하이얀 눈송이들

온누리 곳 곳에
춤사위 나풀나풀
꿈의 나래 일렁이며
순백의 미소 걸치고

성결한 하늘의 언어
살갑게 속삭이며
어두운 적막 깨뜨리고
찬연한 신세계 그리며

설레이는
낭만 움트고
평화가 깃드는
눈부신 설원 펼치고 펼치네

첫 눈 오네요 · 2

새하얀 눈송이
하늘하늘 내려오며
온 세상을 순백으로
황홀한 세계 만드네

외로운 나뭇가지에
소담스레 피는 눈꽃들 향연
여기저기 담소 나누는 사람들
그윽한 연가 환희로 물들어가고

겨울 숲속에서
흥겨운 노래 짹짹이며
이 나무 저 나무 날아다니는
사랑스러운 새들 날갯짓 따라

살얼음 개울가
아롱다롱 빛살 입고
설레이는 시인의 영혼
유유자적 거니는 싯귀 맴돌아

소복소복
쌓이는 산마루에
꿈꾸는 겨울 나그네 마냥
내 발자국도 살금살금 찍어보네

첫 눈 오네요 · 3

온 대지를 축복하며
하늘에서 그리움이
사뿐사뿐 내려와요

천상의 천사 포근한 미소
아름다운 소식을 건네며
세파에 패인 생채기도 다독여요

어두운 잿빛 세상을
꿈길 같은 설국 만들어
사랑과 평화의 숨결 반짝이네요

살가운 미풍으로 외로운 나목
적막한 들판의 허허로움에도
새하얀 눈꽃 황홀하게 피어나요

자, 이제는 우리 따스한 손 맞잡고
저 눈부신 설원에 새하얀 발자국 새기며
함박 웃음꽃 휘날리어 정겹게 달려가요

붕어빵 수레

시린 겨울 날
다정한 정 모락모락
구수하게 피어올라
노르슴히 굽는 한우리

호호불며 떨고가는
가냘픈 소녀 차거운 손에
달콤한 팥고물 듬뿍 안겨주는
맛깔스러운 사랑의 향기

가난한 연인들
얇은 주머니 푸근하게
초롱한 눈빛 마주치는
오붓한 정겨운 둥지

리어커에 패지 줍는
허리굽은 할머니
배곯은 걸음 훈훈하게
살펴주는 따스한 숨결

오들오들 떠는
실직 가장 휑한 눈망울에
아롱이는 자식들에 안겨줄
그리움 익어가는 소박한 쉼터여!

겨울 바닷가

아스라한 수평선 위
쏟아지는 투명한 햇살처럼
바다의 널다란 쪽빛 가슴
철새들 남기고 간 그리움 일렁이며

백사장 부드러운 모래톱
밀려오는 잔잔한 파도
무한한 사색의 꿈길 열어
우리를 마중하여 환영하고

은은한 낭만의 싯귀 읊조리는
초로의 시인들 침묵의 詩語
해맑게 반짝이는 물결 따라
사라져갈 발자국 하나, 둘 찍고

머얼리 추억을 줍는 사람들 사이로
해조음에 흥얼흥얼 웃음꽃 휘날리며
세월 문신한 결고운 수석 하나 들고
삶의 버거움 쏟으며 아쉬운 걸음 돌아서네

겨울 나무

적요한 산자락
매섭게 휘몰아친 삭풍에
푸석한 한 두 잎마저
서럽게 날려 보내어도

가는 세월
슬퍼하지 않고
오는 님 발소리
귀 기울이며

수척하게
메마른 몸
꿈꾸는 봄날의 소망
하염없이 타올라

뿌리에서
헐거운 가지마다
주렁주렁 매달고픈
부활의 열정 오롯이

외로운 겨울새
노랫가락에 발돋우며
푸르른 그 날
손꼽아 기다리네

꿈빛 음악회

성숙의 계절
세월 꽃나래 달고
서녘 하늘 곱게 물드는
저 천상을 향하여

심연의 멜로디
강물처럼 흐르고 흘러
설레이는 눈망울 반짝이며
우아한 몸 짓 수줍게 펼치어

붉게 타오르는 그리움
진잔한 피아노 음률 타고
은반의 영롱한 옥구슬인 양
연륜 물든 고운 음색 수놓아

청아한 영혼의 하모니
찬란한 생명의 빛 갈망하며
生의 순간들 빛나는 향연
행복꽃 피어나는
사랑의 축제이여라

아름다운 가곡 연주회를 ㅁ

가로등

별빛 달빛
가슴에 안아
평화의 숨결
올곧게 밝히는
새하얀 미소

하염없는 발자욱 따라
외로운 바람 노래 들으며
희미한 그림자 좇아가는
연민의 눈빛

적막 속에 터트린
붉은 그리움
살포시 끌어
넉넉히 비추는
사랑의 얼굴

오늘도
내일도 우뚝 솟아
이 골목 저 골목 묵묵히
열어가는 정겨운 수호천사

12月의 頌歌

한 해, 마지막 달
을씨년스러운 북풍 달고
첫 나들이하는 새하얀 눈송이
나풀나풀 춤사위하며 입맞추네

휑하니 시린 가슴
오롯한 그리움 너울 쓰고
찬바람에 떨고 있는
半裸의 나뭇가지에

까칠한 세파의 눈물
새털 같은 옷깃 감싸고
떠나가는 아쉬움도
순결한 미소 살포시

갈무리하는 세월
경건한 송년을 준비하며
새해 맞이 할 소망으로
축복의 겨울문 두드리네

아름다운 동행

태초부터
예비된 콩깍지 연분
하나님 축복 속에
청실홍실 고운 수놓아

저 찬란한 햇살
눈부심을 노래하고
별빛 달빛 마중하여
영혼의 밀어 속삭이며

진리의 빛을 좇아
푸르른 향깊은 생명꽃으로
끈끈한 부부애 함께 걸어가는
깊고 넓은 여정을 따라

정겨이 손잡고
소박한 꿈 곱게 덧칠하여
비켜설 수도 뒤 돌아설 수 없는
기나 긴 生의 빛과 그림자

오늘도, 넓은 대양
출렁이는 파도 위에
소망의 깃발 높이 달고
힘차게 노 저으며

그렁그렁한 불협화음도
영원한 연리지 하모니
무지개처럼 채색 되는
머나 먼 나그네 길

당신

잔잔한
그리움에
꿈결 같이 안겨온
영혼의 햇살

아름다운 동행
가슴 홍건이
함초롬히 피어올라

거센 세월
바람결에 맴도는
보랏빛 소용돌이
의연히 끌어안고

저 넓은 대양
반짝이는 은파 위로
하이얀 웃음꽃 날리며
넘실넘실 너머가네

구름

산 능선 고운 노을빛 타고
그리움 따라 하늬바람 따라
한 마디 말없이 떠나버린
야속한 님 그림자 좇아

위, 아래 마을 헤매이다
언젠가 꿈 속에서 만났던
임 향기 사무친 곳 곳
여기저기 넘나들며

강 언덕 바라보이는
후미진 골짜기 옹달샘에 비친
애달픈 모습 들여다보며
방울방울 맺힌 눈물 훔치고

산 너머 바다 건너
유유히 돌고 돌아
오늘도, 아니오는 님 찾아
하염없이 흐르고 흐르노라

제7부

영혼의 향기

작은 빛의 노래

십자가 주님을 우러르면
찬란한 빛 내 영혼을 인도하여
말씀 안에서 정겹게 만나

믿음, 소망, 사랑 노래 부르며
거룩한 님의 자녀로 태어납니다

작은 빛의 노래

십자가 주님을 우러르면
찬란한 빛 내 영혼을 인도하여
말씀 안에서 정겹게 만나
믿음, 소망, 사랑 노래 부르며
거룩한 님의 자녀로 태어납니다

십자가 주님을 우러르면
축복의 빛살 감싸 안으니
세상 염려와 근심 사라지고
아름다운 천성을 향하여
임의 숨결로 행복꽃 피어납니다

십자가 주님을 우러르면
존귀하신 님 닮고 싶어
고개숙인 수줍은 미소
순결한 비둘기 마냥
영혼의 나래로 비상합니다

작은 빛의 노래 · 2

사모함의 십자가 우러르면
숭고한 사랑 눈부신 햇살처럼
옛사람 아닌 새사람 옷 덧입혀
새 하늘과 새 땅을 거니는 듯
샛별 같은 은총의 님을 만납니다

그리움의 십자가 우러르면
긍휼하신 님 눈빛 위로로
얼룩진 생채기와, 짓누른 미움 사라져
평강과 환희의 숨결 바닷물처럼
心靈 가득히 밀물져옵니다

고난의 십자가 우러르면
세상에서 받은 아픔
캄캄한 억울함 사라지고
나의 추한 죄와, 세상 모든 죄 짊어지신
임께 감사의 찬미를 올립니다

성탄절

저 높은
황금빛 보좌를 버리시고
가장 낮고 비천한
베들레헴 말구유에

찬란한 별빛 따라
구비구비 건너 온
동방박사 경배를 받으며

아기 예수님으로 오신
인류의 王
위대하신 사랑의 하나님!

고통 가운데
신음하는 이들 껴안으려
온누리 밝히는 참빛으로 오셨네

칠흑 같은 절망에서
눈먼 소경처럼 절룩이며
가슴의 통한으로 애통하며
영혼의 피울음 얼룩진 이들이여!

꼭꼭 닫힌
마음 빗장 화알짝 열고
우리들의 구속주께 나아와

성스러운 탄생을 경배하고
하늘 나라 산 소망을 꿈꾸며
즐겁게 춤추세

우리들 영원하신 평화의 임금
구세주를 찬미하며
힘차게 소리 높혀 노래하세!

성탄절의 기도

죄로 얼룩진
어두움의 땅에
구원의 참빛으로

비천한 말구유 까지
낮아져 오신
아기 예수님을 찬양합니다

이 땅의
칠흑 같은 죄악을
임의 보혈로 정결케 하시고

핏빛 상흔으로
신음하는 불쌍한 영혼들
평화의 왕으로

긍휼히 여기사
인도하시고
이 땅이 더욱 아름다운 곳

믿음, 소망, 사랑의 종소리
울려 퍼져 평화로이 살 수 있는
아름다운 나라와 민족이 되게 하소서!

아멘

사순절 기도

붉은 가시 면류관은
저의 뇌리에 덮인
숱한 죄 대신 핏방울
뚜욱, 뚝 흘리심이요

손과 발에 박힌
칼날 같은 대못은
저의 무익한 이기심 대신
콰앙, 쾅 박히심이요

양 옆구리 날카롭게
피멍든 창자국은
저의 오장육부 추한 죄 대신
찔리고 상하심이시요

수치의 십자가 지시고
골고다 언덕을 오르심은
저의 무거운 죄 대신
억울하게 짊어 지심이요

오, 주님이시여!
저의 부끄러운 죄
거룩한 보혈로 정결케 하시고
님의 은총으로 이 죄인을 받으소서

아멘

십자가

된서리 가시밭
외롭고 쓰디 쓴
고통의 잔 다 마시고

얼기설기 얽혀
짓눌린 무거운 짐
뭉그러져 밟히며

절규하신 핏빛 눈물
온 몸으로 감내하여
홀로 몸부림치며

적막한 순간 흐르는
숭고한 희생
영원한 사랑꽃 피우시고

보배로운 핏방울 맺힌
붉은 가시 면류관
은총의 아름다운 길이여!

십자가 · 2

험한 곤짜기 걸으시며
아바 아버지 뜻 받들어
묵묵히 순종 하시고

가련한 인생들
뿌리 깊은 반석 되시어
모진 풍파, 질고 안으시고

거친 벌판 삭풍에도
사위지 않는
새 생명 잉태하여

영원한 축복으로 인도하는
험한 그 길을 걸어가신
거룩한 사랑의 하나님이시여!

십자가 · 3

태고의 숨결
골고다 언덕
오르네

세상 무거운 죄 등에 업고
쓰러지고 넘어지며
넘어지고 쓰러지며

영혼의 횃불로
거치른 조롱도
순백의 시린 눈물도 끌어안고

그리움의 강줄기 따라
무한한 생명수 흘러흘러
침묵하는 사랑앓이

칼날 같은 대못에
전율하는 선혈 뚜우 뚝, 뚝 뚝
갈보리에 가시 면류관 매달렸네

십자가 · 4

하이얀 새벽을 깨워
하늘가 맴도는 핏빛 울음
우주에 가득 찼네

어두운 장막
된바람에 휩싸여
부딪치고 소용돌이치는

얼룩진 핏방울과
찢겨진 피멍으로
패이고 문드러진
어린 양이시여

숭고한 넋으로
희생 제물된
크신 사랑이시여

칠흑 같은 적막에서
처연한 눈물을
"엘리 엘리 라마 사박다니"

하늘이 울고
세상도 울어
붉은 휘장 찢겨져
천국 길 열렸네

십자가 · 5

깊은 흑암
골짜기에 쏟아지는
찬란한 빛줄기여!

가련한 영혼들에게
손길 내미는
가이없는 사랑이여

애절한 핏방울
못 박히며 울리는
골고다 처절한 절규여

향방 잃고 흐느껴 헤매이는
긍휼한 양들 껴안으시는
무한한 代贖의 은총이여!

십자가 사랑

하나님은 우리를
지극한 긍휼함으로
임의 거룩한 성품 닮아
순결한 어린 양처럼

온유한 걸작품으로
살기를 원하셨지만
이 곳 저 곳 다니기를
좋아하는 망아지 마냥

제 멋대로 헤매이며
결코, 어쩔 수 없는
어리석은 죄만 어질고
다니는 애달픈 인생들

율법의 궤휼 안에서
죄를 깨닫는 은총 부여 하시고
가이없는 십자가 보혈
축복의 길 열으시어

오늘도, 하염없이
'너를 나보다 더욱 사랑 하노라'고
영원한 생명문 들어오길
손 내밀고 속삭이시네

십자가 사랑 · 2

그 누가
어두움의 장막에서
신음하며 고통 하는가

안개처럼 뿌우연 미로에서
찬란히 비추이는
참빛을 바라보세

갈하고 갈한 심령
평화의 숨결 일렁이는
둥지에서 쉼을 얻고

낮고 낮은 곳으로
흐르고 흐르는
긍휼의 바다에서

죽어가는 영혼들을 向한
거룩한 보혈로
거듭나는 자리마다

소망꽃 피어나는
새 역사 창조의
영원한 생명길로 나아가세

그대여!

보이는가
흑암 위에 쏟아지는
저 찬란한 빛이‥

느끼는가
슬픈 영혼들에게
내미는 손길
저 가이없는 사랑을‥

아는가
향방 잃고 흐느끼는
어린 양들을 향한
저 숭고한 십자가 은혜를‥

들리는가
처절히 못 박히는
저 골고다의 핏방울 소리가‥

(세상에서 방황하는 형제님을 기도하며)

촛불

하이얀
순결 위에 붉은 열정
저 높은 곳을 향해
뜨겁게 뜨겁게 타오르네

장밋빛 그리움
너울너울 흐느끼며
새까만 어두움
사르고 사르고

뚜우뚝 뚝 떨어진
굵은 눈물 방울
주르룩 주르룩
낮아지고 낮아지네

서럽게
흐르는 애달픔
은하의 강으로
흐르고 흘러

청보석
홍보석처럼
반짝 반짝
빛날 수 있다면

가는 세월
거센 비바람도
길동무 되어
휘파람 타고 노래 하리

부활

처절한 십자가 죽음 휘감긴
사랑하는 님과 別離의 사흘간
여인들과 허탈한 제자들

쓰리고 먹먹한 가슴 두르고
안식일, 여명의 골고다 언덕
그리운 님 무덤 찾아

화들짝 전율한 심장
소스라친 걸음 뒤로 다시
살아 나셔서 우뚝 서 계신 주님

환희의 숨결 일렁이는
숭고한 님과 顯現한 사십일
황홀한 참빛, 우주의 산 소망이여!!

(요한 복음 20장 ~ 사도행전 1장)

부활 · 2

사망 권세 이기시고
우뚝 일어나신
눈부신 새 아침이여

순결한 진실 뒤흔들고
짓밟힌 모진 고통의
사망 권세 깨뜨리고

그리움의 영혼들에게
가이없는 눈먼 사랑
영원한 생명 안겨 주시며

가까운 곳에서나
머어언 곳에서나
한결 같이 동행 하시며

새 하늘과 새 땅
빛나는 보좌에 오르시어
인류의 참 소망 되셨네

부활 · 3

고통의 쓴 잔 다 마시고
우주 샛별처럼
다시 살아나시어

은총의 보혈
숭고한 희생꽃 피어
부활 첫 열매 되시고

세월이 흘러흘러
모든 만물이 변할지라도
가련한 인생들 굽어보시는

하염없이 사무치는 눈빛
겸손한 영혼들 안으시고
축복의 손 내미시니

우리를 향하신
긍휼한 사랑과 용서의 품
불멸의 생명 길로 나아가네

배사라 선교사님

요한복음 12장 24절
"한 알의 밀이 땅에 떨어져 죽지 아니하면
한 알 그대로 있고 죽으면 많은 열매를 맺느니라"

1930년, 1월 21일
미국 미시시피주 베노이트에서 출생
조부모님의 훌륭한 믿음의 뿌리로 이어져
어릴 때부터 미국 부농의 '미시시피의 공주'로
불리우던 '사라 베리' 선교사님!

대학 2학년 때
성경 공부반에서 '로마서 1:17'
'오직 의인은 믿음으로 말미암아 살리라'는
말씀을 인격적으로 영접한 이후
예수님을 인생의 참된 구주요, 삶의 푯대로
한 알의 씨가 땅에 떨어져 죽음으로..
'미시시피의 공주'로서 부요한 삶이 아닌
하늘 나라의 공주로 거듭난 주님의 여종은

예수님께서 주신 복음을
땅끝까지 전파 하라는 지상 명령을 받들어
인류 구원의 왕으로, 이 땅의 비천한 말구유 까지
낮아져 오신 십자가 사랑과 은총의 예수님을 만나
1955년 미국 장로교 소속으로 꽃 같은 25세에
당시 6·25 전쟁으로 한국의 많은 기독교 신자들이
공산당 박해로 죽임을 당할 것이라는 소식을 듣고
'평화의 왕' 이신 예수 그리스도를 전파 해야겠다는
신앙의 일념으로 한국 민족 복음화 비젼을 꿈꾸며
선교사로 파송 되어 '닐 선교 학교'를 설립하고
남장로회 선교사 회장으로

광주를 중심으로 영광, 화순, 등지를 돌면서
구령 사역을 펼치며 전쟁 미망인으로 과부가 된
여성 크리스쳔들에게 재봉 기술을 가르치며
성경 공부를 시켜 전도사로 키우는 복음의 종으로
순회 전도를 펼치며 전 생애를 주님 사명 받들어
갖은 고난과 역경을 극복하며 숭고한 그리스도의
아름다운 하늘꽃으로, 주님께서 주신 사명의 땅
약속의 땅으로 50 여년 동안 한국인들과 생활 하
시며

대학 캠퍼스 복음화 비전으로 당시 장신대를 졸업한 이창우 강도사님, 훗날 이 사무엘 선교사님과 운명적인 만남으로 1961년 '대학생 성경 읽기 선교회'를 창립하고 가난하여 고생하며 대학을 다니는 어려운 학생들 중심으로 영어 성경 공부를 가르치며, 캠퍼스에서 방황하는 젊은 대학생들에게 1:1 성경 말씀 양육으로 복음 안에서 진정한 삶의 의미와 목표를 심어주는 캠퍼스 복음화와 세계 복음화 '자비량 선교사' 파송으로

한국 UBF 선교사들과 세계 각국 현지인 리더들을 하나님 말씀과 기도로 섬기는 사역에 헌신 하시며 온 생애를 주님의 복음을 위해 아름답게 꽃 피우고 지금도, 85세 연세에도 세계적인 복음화를 위해 파송된 2000여명의 자비량 선교사들을 도우시며 하나님 부르심 받을 때 까지 캠퍼스 대학생들 '1:1 성경 공부'를 통해 쉬지 않고 복음을 증거 하시는

21세기, 위대한 배사라 선교사님!
'젊은 날 부터 바친 한국은 나의 사랑'
사라 베리라는 미국 이름 보다
'배 사라' 한국 이름을 더 좋아 하시고

161

예수님으로부터 무한한 사랑을 받고
그리스도의 남은 고난의 삶을 이어
예수님과 사도 바울의 위대한 삶을 좇아

하나님 은혜의 복음 증거하는 사명에
최선을 다하시는존귀한 삶에 감사와
존경을 올리며 이 시대를 섬기는
진정한 하늘꽃으로 축복의 여정에
주님의 무한한 은총이 충만 하시길
간절히 두 손 모읍니다.

아멘

천상의 꿈을

태초의 에덴
첫사람 아담과 하와
가식 없는 발가벗은 몸으로
푸르른 생명의 강 흘러흘러
샘솟는 영생수 마시며

드넓은 하늘
찬란한 햇빛, 별빛인 양
해맑은 웃음꽃 일렁이고
참빛 되신 숭고한 님
그윽한 향기 비추이며

아름다운 정원에
신비한 꿈의 씨를 뿌려
시들지 않는 꽃대궁 솟아
황홀한 봉오리 아롱다롱 피어나
온갖 벌, 나비 너울너울 춤추며

날마다 환희의 무지개처럼
은총의 빛살 화알짝 펼치어
더욱 더 순결한 心靈으로
거룩한 산 소망의 면류관 우러러
우리님 영원토록 찬미케 하소서!

천상의 꿈을 · 2

이 땅에 허물투성이
연약한 人生으로 태어나
알게 모르는 죄의 번뇌
부끄러운 이기심 그림자로
회한의 넋두리 걸친 이를

너와 나, 다툼 허물고
평강과 안식 심으며
먼저 떠난 가족과 벗들도
다시는 生死 여정 아닌
우애와 화평의 숨결 어울려

 진정한 행복 열매
주렁주렁 무궁히 열리는
거듭난 신령한 부활체로
사시사철 먹지 않아도
덧없는 욕망의 고통 사라져

믿음, 소망, 사랑 빛나는
새 하늘과 새 땅 향하여
하염없는 그리움 갈망하며
오늘도, 순례의 길 걷고 걷는
꿈의 나그네 되게 하소서!

고독한 사랑

유대 민족
성스러운 축제 전야
최후의 비참한
죽음을 앞둔 예수님

사랑하는 이들과
고별 만찬석에서 한결 같이
추종하는 열 두 제자 더러운 발
손수, 정갈하게 씻기고 닦으시며

'내가 주와 선생으로
너희 발을 씻겼으니
서로 발을 씻겨 주며
진정한 사랑의 본을 행하라'

혼돈의 어두움 속에
마귀 올무에 마음 주고
은 삼십냥에 스승을 팔려는
가룟 유다 간교한 배신을..

속울음 삼키시며
마지막 사랑 까지
아끼지 않으시는
임의 간곡한 유언

'새 계명을 너희에게 주노니
서로 사랑하라
내가 너희를 사랑한 것같이
너희도 서로 사랑하라'

(요한 복음 13장)

길

2천 년 전, 지극히 낮고
비천한 말구유 탄생으로
보이는 황금 만능 땅에
참빛으로 온 겸손하신 예수님

어지럽고 혼미한 세상에서
평범한 12 제자 선발하여
삼 년여 훈련시키고
천국 전파자로 세웠으나

코 앞의 복락을 꿈꾸며
누가 크냐, 적으냐 자리 다툼
어리석은 망상에 사로잡혀
공포에 떠는 연약한 자들에게

십자가 고난의 죽음
부활의 새 생명으로
사랑과 평화, 행복 가득한
천상에 잠시 처소를 옮기었다

무엇보다 소중한 너희 영원한 생명 위해
꼭, 다시 데리러 오마 약속 하시며
보혜사, 진리의 영 굳게 의지하고
복음 증거자 되라 당부 하시네

내가 곧
'길이요 진리요 생명이니
나로 말미암지 않고는
아버지께로 올자가 없느니라'

(요한 복음 14장)

천상의 사랑꽃 문준경

매서운 칼바람에
희미하게 사라지는 촛불처럼
운명의 神 앞에 까무러질
애달픈 열일 곱 꽃봉오리

갯벌에 피는 복음꽃으로
고결하게 승화 되어
적막한 스물 한개 섬에
샛별처럼 비추이는 거룩한 등대

무지로 죽어가는 섬마을
전도 사명 뜨거운 발걸음으로
한 해, 아홉 켤레 고무신 닳고 닳아
주님 고난과 희생을 좇아간 성스런 목자

복음의 불모지를 거룩한 성 향하는
초대 사도행전 역사 계승하여
아름다운 1004의 섬으로
흐르는 축복의 물줄기

숭고한 십자가 예수님 닮아
순교의 선혈 뿌리고 뿌려
원수 사랑하는 용서탑 쌓은
한국 민족 복음화 깃발

헌신의 59세 생애
어둠의 땅에 거듭나
찬란히 빛나는
핏빛 사랑꽃이여라!

(증도 문준경 전도사님 순교 기념관 기행)

룻 사모님을 보내며

갑오년 12월 끝자락
환상의 천국을 보이 듯
눈부신 설원의 평화로움
온 세상을 눈부시게 수 놓으네

이 땅을 일찌기 떠나는
임의 옷섶에 메달리는
애석한 눈물방울들 달래어
새하얀 눈송이 하염없이 날리고

임과 침묵의 작별
준비하는 지난 몇 주간
우리들 애통하는 기도의 향처럼
하늘빛 애곡의 연서로 위로 드리며

임 가는 길, 애달피 배웅하는
석별의 정 곳곳에 흩뿌리며
숲속 나뭇가지 순결한 눈물꽃 피고
겨울새들 슬픈 노래 지저귀니

이 땅에서 보내는 여러 해
복음의 찬미와 말씀의 심령 오가며
어린 양을 향한 목자의 징검다리
한 걸음 한 걸음 시린 가슴 달래고

하이얀 설원 위로
함께 웃고 울며
아우르던 소중한 시간들
임의 해맑은 미소에 아련히 간직하며

이별의 눈물보다
재회의 그 날 웃음꽃 활짝 피우며
만나자는 임 영정의 미소인 양
부활을 향해 가는 긴 긴 순례의 길

우리들 간절한 소망의 기도로
사랑하는 어머니, 남편
예쁜 딸 고운이와 남은 가족
주님께서 잘 살펴 주시리니

아름다운 천상에서
반가운 재회의 뜨거운 심장
끌어안을 그 날을 고대하며
고운님 편히 보내 드리오니

영원한 본향 가는 길
하늘에서 오는 그리움의 눈꽃송이
총총히 놓여진 사랑 한아름 안고
편안히 잘 가시오
님이여! 아름다운 님이여!

(고 롯 사모님과 유족들을 애도하며)

의자

오늘도,
누군가를 하염없이
빈 가슴 부끄럽게 내밀며
애달픈 꽃마음으로 기다리네

어떤 이가 기나 긴 여정
이리저리 헤매다 지쳐 오면
밝은 미소로 반갑게 맞이할
따스한 꽃마음으로 기다리네

모진 비바람 휘몰아쳐
오르내리는 세월 빛바래
낡고 허술하여 볼품 없지만
향기로운 꽃마음으로 기다리네

남루하여 외로운 둥지
친구처럼 안락하게 기대어
오래도록 쉬어갈 고달픈 이를
간절한 꽃마음으로 기다리네

(삶에 지친 영혼들을 기도하며)

여름 수양회

꽃구름 흐르는
청옥빛 하늘 향해
산야에 즐비하게 서서
푸르른 기상 자랑하는
꿋꿋한 청솔을 바라보며

삼복더위 한 가운데
우수수 떨어지는 빗방울 헤치고
목자들 믿음의 특심과 열정으로
어린양을 위해 전심 다하여 간구하며
애타는 걸음 총총히 초대 받고 온 젊은 학생들

삶 가운데 열심히 살며
내면의 얼룩진 어두운 죄성
새 생명으로 진정한 비젼과
산 소망의 권능을 덧입고자
이 곳 저 곳에서 피곤한 심신 이끌고

주님 푸른 초장에서
숭고한 사랑의 님 만나
버거운 짐 안고 지친 영혼 달래며
세상 희로애락 너머 영원한 소망 향해
내장산 청정한 숲내음 깊이 들이 마시고

각양 각색 초청 받은
200 여명 빼곡히 교회 가득 채워
첫 날 개회 예배 뜨거운 찬양 속에
진정한 구원과 행복꽃 피어나기를
다양한 율동과 성극 경쾌하게 미소짓네

여름 수양회 · 2

한 여름 빛나는 태양처럼
전능하신 하나님 사랑 덧입어
은총의 주님 메시지 마다
생수의 말씀 가득 채워져
영원한 왕이신 예수님과 동행하고

 인류의 영원한 생명 위해
십자가 죽음과 부활 소망으로
열어 놓으신 새로운 복된 길
세상을 향한 긍휼의 심령과
숭고한 섭리와 권능 찬미하고

참 구주의
새 생명 덧입고
죄로 물든 심령 눈물로 회개하며
하늘나라 시민으로 살아가야 할
방향과 소명을 굳게 다지고

그리스도 심장의 복음 들고
겸손히 감사와 영광 돌리며
향방없이 육신의 소욕으로 물든 캠퍼스와
잿빛 세상에 힘차게 나아갈 것을 결단하는
아름다운 生의 깃발 올리고

무한하신 은혜 피어나
뜨거운 감사의 눈물 두 손 모아
고귀한 믿음, 소망, 사랑의 새순
성령의 열매 주렁주렁 맺히기를
영혼의 찬양 힘차게 울려 퍼지네

(2015년 여름 수양회를 마치며)

여름날의 기도

찬란한 태양은
붉게 타오르며
열정의 꽃 피웁니다

숲속의 솔향기
싱그러운 미소로
새 날의 청아함 가득합니다

임께서 창조하신
대자연의 평화와 환희를
정겨운 새들이 합창합니다

계곡의 졸졸거리는 물소리
귀엽게 노니는 송사리 몸 짓도
임의 축복에 감사드립니다

우주의 만물과
온갖 피조물은
고귀한 숨결 충만합니다

오늘도, 아름다운 삶의 향기와
영혼 가득한 찬미로
임의 전지전능함을 전하러갑니다

가는 곳곳마다
임의 절대적인 권능과
사랑의 섭리를 깨닫게 하소서!

아멘

여름날의 기도 · 2

주님!
저 찬란한 대양 푸른 물결 따라
꿈꾸는 여정의 깃발 굳게 세우고
눈부시게 하얗게 피어나는 포말꽃처럼
파도의 열정으로 나아가게 하소서

주님!
7月, 산하의 녹색 싱그러움 속에
평화로이 무지갯빛 꽃송이 펼치며
자귀나무 숨결 노래하는 행복꽃처럼
전능하신 섭리와 지혜를 깨닫게 하소서

주님!
들녘 갖가지 풀꽃들 해맑은 미소와
숲속 나뭇가지 잎새들 속삭임으로
세속의 번뇌, 시름 벗고 영롱한 소망꽃처럼
감사 올리는 한 우리가 되게 하소서

주님!
쓰여지는 믿음의 도구로
이웃과 끈끈한 정 담기는 곳마다
뜨거운 태양 아래 빛나는 소금꽃처럼
요긴한 질그릇이 되게 하소서

주님!
임의 향내음 그윽한 성결함과
겸손함으로 낮은 자리가 평안하고
섬김과 나눔 돋아나는 사랑꽃처럼
맑은 영혼 드리는 오늘을 살게 하소서!

아멘

십자가 아래서

주님!
여명의 창가에 들려오는
임의 세미한 음성
영혼의 울림으로 속삭일 때

찬양으로 하늘을 열고
사모하는 향기로운 예물
감사함으로 드려져

은혜로 내리는
생명의 말씀 묵상하며
거룩한 님 보혈 앞에 고백하는

얼룩진 부끄러운 죄
정결하게 씻어 주시어
나날이 거듭나는 축복으로

존귀하신 님 인도하길 소망하며
한량없는 평강과 희락의 환희
충만하기를 두 손 모읍니다

아멘

십자가 아래서 · 2

주님!
고결한 십자가 우러러
추한 내 모습
고개 숙인 깨달음

가없는 은혜의 선물
한결 같이 누리지 못하고
은총의 골짜기에서
온전히 비우지 못한 자아

아직도,
자신에 눈멀고
미처 내려놓지 못한
어리석고 미련한 자에게

주님,
십자가 아픔과
부활의 소망을 새롭게
영혼의 반석으로

낮아지고
낮아져 애통하는
회개의 심령으로
부요한 삶을 누리게 하옵소서!

아멘

십자가 아래서 · 3

주님!
세상을 향해
십자가 사랑과 부활 소망으로
인류의 구원을 말씀하고 계시는

안위와 평강을
온전히 소유하지 못하고
어두운 신음에서 허덕이며

아둔함 속에 넘어지고
가련히 울고 있는
미련한 인생을 어이하오리까

주님!
한결 같이
한 걸음 더 한 걸음
성숙한 믿음으로 나아가기를 원하나이다

성결한 주님의 성품으로
깨지지 못한 바윗덩이 아집
교만을 더욱 변화 시켜 주옵소서!

아멘

가을의 기도

사랑의 주님!
모든 만물, 열매를 거두고
환희의 미소로 화답하는
아름다운 계절

이제는, 성숙한 자리에서
무릎 꿇고 두 손 모아
좀 더, 풍성한 영혼의 열매
드리기를 간절히 원하나이다

사랑과 은총의
존귀한 옷을 입고
나날이 거듭나는
화평과 희락으로

거룩한 주님!
향기로운 제물 되어
복음의 통로로 부끄럽잖는
복된 삶을 살게 하옵소서!

아멘

회심悔心

어두운 터널에서
애달피 떨고있는
한 마리 새처럼

가시나무 덫에 걸려
心靈의 평강 사라지고
헤메이는 가련함이여

깊은 심연 흐느끼는 눈물은
거친 세상에 흔들리며
신음하는 허약한 영혼인가

빛의 자녀여,
어서 속히 일어나
비상의 나래 화알짝 펼쳐

푸르른 생명의 강가에서
영원한 환희의 생수로
갈한 목 적시고 적시어

주님 세미한 음성으로 새 힘 덧입고
새 하늘과 새 땅, 굳건한 푯대 向하여
믿음, 소망, 사랑으로 올곧게 나아가자

시인의 자화상

詩魂의 정갈한 옷 입고
말씀의 거울로 은총을 일깨우며
선명히 채색된 침묵의 숨결

얼룩진 상흔
승화된 생명꽃으로
피어나는 순간들 자축하며
그윽한 詩香 열리는 환희의 물결

심연의 적막한 속앓이
부끄러운 고개 숙이며
견실이 익어가는 축복의 선물

구비진
삶의 모퉁이 돌고 돌아
다시 오지않을 날들을 갈무리하며
生의 찬미로 감사의 두 손을 모으네

달팽이

그 어디메에도 버거운 등봇짐
내릴 마땅한 곳 보이지 않아
짓눌린 짐 짊어지고 하냥 부대끼며
아득한 길을 어슬렁어슬렁

남루하고 왜소한 몸 반겨줄
안락한 곳 보이지 않아
거센 비바람 소용돌이 다독이며
애달픈 여정 길을 스멀스멀

쓸쓸한 고독의 자락
저리고 시린등 덮어주는
호사한 둥지 아닌 눅눅한 하늘짐
동행하는 오롯한 生의 길을 쉬엄쉬엄

오늘도, 영원한 본향
푸르른 하늘 우러러
순백의 그리움 두르고
은총의 십자가 길을 하염없이…

이방인을 위한 기도

머나 먼 나라에서 온 형제여!
동방의 해 뜨는 나라
신실한 선교사님
은혜와 축복의 사랑으로

십자가 구원의 복음을 받고
뜨거운 눈물을 흘리는
숭고한 님의 아들이여!

긍휼히 안아 주시는
크신 님의 축복 물줄기로
가족과 민족 구원 소명을

십자가 은총의 믿음
부활 권능의 소망과
구원의 참 사랑을

임의 조국과
만방에 널리널리 펼치어
세계 복음화 깃발 굳게 세우고

애통해하는 목자의 심령으로
구원의 참빛을 곳곳에 찬란하게
빛추이길 간절히 두 손 모읍니다

아멘

세월은

풋풋한 솔바람
소리 없이 드나드는
아롱다롱한 사연 걸치고

흘러가는 구름 위에
일곱 빛깔 꿈들을 올려놓고
숱한 그리움도 기다림도
아쉬움 휘감고 가는가

피어나는 희로애락의 미소와
눈물을 영혼에 새기며
사랑의 향기 남기고
그림자 마냥 속절없이 떠나는가

침묵으로 흐르는 강물처럼
무심한 모습 잡을 수 없어
허공에 맴도는 속울음

산 넘고 강 건너
유유히 가는 너를 바라보며
떠오르는 내일의 태양을 그리노라

세월은 · 2

아침마다 찬란히 떠오르는
황금빛 태양 정겨운 미소에
봄의 길섶 움트는 새싹들은
은은한 향 피는 날을 꿈꾸고

여름 날 쏟아지는 소나기 너머
푸르른 소망 안겨주는 영롱한 무지개
신록의 나무에 뜨거운 열정 잉태하여
창조주 섭리를 깨닫게 하고

가을 하늘, 높푸른 날
널다란 들녘은 견실히
주렁주렁 영글어가는 열매로
大地 사랑하는 법을 배우게 하고

새하얗게 소복히 내리는 겨울 눈
순결한 설원에 눈부신 평화를 펼치어
낯선 길 뽀드득뽀드득 걸어가며
우주의 순환 법칙을 가르쳐 주고

오늘도, 구비구비
흐르는 아름다운 추억과
내일의 새 설계를 엮으며
찬미의 감사 노래를 부르노라

세월은 · 3

굽이진 삶의 강물 따라
흐르는 희비애락의 파장
은파처럼 돌고 휘돌아
삶의 소용돌이 포물선 타고

자욱한 안개 숲에서
휘청이는 어리석음에
生의 가파른 계단
오르내리는 고단함

믿음, 소망, 사랑
일깨우는 시련의 골짜기
푸르른 회초리 후려치는
겸허한 스승의 가르침에

머나 먼 여정 찬란히
비추이는 생명의 빛 앞에
갈망의 무릎 꿇고 두 손 모아
영원한 혜안의 길로 나아가노라

달개비꽃

그립고
그리운 고운 님
어디메에나 오실까

기다림 지치고
지쳐, 함초롬이 숙인
애달픈 꽃송이

은은한 향내음 두른
허허로운 숨결
살포시 깨우실 님

행여나, 오늘
스산한 가슴 다독이며
비단결처럼 갈바람 따라 오실까

아니면, 저 하늘
뭉게뭉게 피어난
새하얀 꽃구름 타고 오실까

달개비꽃 · 2

하늘빛 가슴
드높고 포근한 님
산까치 노래 싣고
사뿐사뿐 오시는가

하많은, 세월
그렁그렁 젖은
눈물섶 닦아 주는
꿈길의 고운 님

오늘도
구름 타고 바람 따라
아니오시는 이, 하염없이
갈망하는 그리움

봄 들녘에 앉아
가을 산 하이얀 억새 울음
사라질 때까지 아스라이
청아한 소망꽃 피우노라네

(다시 오실 주님을 묵상하며)

오늘의 기도

감사하신 주님!
오늘도, 부끄러운 죄인
참회하며 고백합니다

아름다운 청춘 시절
주님 숭고한 십자가
보혈의 은총을 덧 입고
어느 덧, 40 여년 세월이 흘렀습니다

주님의 고결한
보혈의 은총과
숭고한 사랑으로 자녀된
축복을 감동과 감사로..

육의 눈으로는
보이지 않는
천국에 산 소망과
부활의 권능을 사모하며..

주님!
그런데 끊임없이
저의 뇌리를 뒤덮고 있는
칠흑 같은 죄와의 몸부림
부끄러워 고개 숙이며

주님!
십자가 보혈의 공로에 의지하여
무릎 꺾어, 두 손 모아
긍휼하신 사랑과 은혜를 간구합니다

주님!
십자가 보혈의 은혜가 아니면
이 끈질긴 원죄의 고통 속에서
영영한 불구덩이로 떨어지겠지요

주님!
저의 뜨거운 눈물 속에
크고, 작은 죄와의 소용돌이
내려 보고 계시겠지요

우둔하여 깨닫지 못하고
알게 모르게 지은 죄의 쓴뿌리를
긍휼의 보배로운 피로
정결한 몸과 영혼이 되게 하소서!

주님!
여명이 열리는 이 시간
성결한 보혈을 의지하여
가없는 은총과 사랑의 품으로

나아 가오니
용서 하시고
이 죄인을 받으옵소서!

아멘

고향 우물가

권자현 작사
오균영 작곡
권자현 노래

1. 흰 구름 두둥실 피어나는 산 - 하촌 샘 골 - 에 -
2. 어느덧 서 - 산 마루해는 아스라이 기 울 - 어 -

물 동 이 이 고 나 비처럼 모 - 여 든 아 낙네 들 -
뉘 - 엿뉘 엿 능 선타 - 고 너머너 머 갑 - 니 다 -

반 짝 이 는 눈 빛으로 심 - 연 - 의 꽃 사 연 풀 어혜 - 쳐 -
찰 랑 이 는 그 리 움의 맑 은물 - 결 가 - 득 퍼 - 담 - 고 -

아 롱 다 롱 한 웃 - 음 - 꽃 해 종 일 흐 르 고흘 러 -
사 랑 하 - 는

둥 지 향 - 해 조 심 조 심 발 걸 음 재 촉 한 - 다 - -

다락 힐링 음악회

권자현 작사
오균영 작곡

흐르는 은하의 강　　찬 연한 별빛 속 에
귀뚜라미 청 아한 노 래　　갈 바 람과속 삭 이는 밤
화사 한 조 명 아 - 래　　창조 주가 부- 여하 신
다 양한 끼 와　반 짝이는 재 능　감 성과 환 회 의　낭 만수 놓아
시 월 의멋 진 날 꿈 빛소 망　일 - 렁 이 는
아 름 다 운하모 니 축 - 제　촉 촉한감 동 무 - 르 익 어
구 비 - 진　삶 의오 솔 길　장 애인 비 장 애 인
정 겨 이둘 러앉 아 푸 르른행 복 꽃　오 롯이피 어 나 네
오 롯 이피 어　　나 네

아름다운 무등산

권자현 작사
황성호 작곡
김건이 노래

청 잣빛 하늘 아래 구비진 능선을

돌 아 천 년의 전설 휘 감은 우뚝 솟 은입석대아

래　　　장불재 고운철쭉의 꿈　　　황홀하게피어나

고　　중봉의 하얀 억새꽃 물결　흐드러

진　그리움에 -　　역사의골짜기마

다　　　빛 고을 밝게 비추 이 　 는 　 축 복의 보금 자

리 　 자랑 스 런 명산이 여

선 인들 고 귀한 　 희 생의 얼 　 유 구한 발 자취

새 기 며 푸른 성기일렁이 는 청초 한 구절초숲길따

라 오르 내리는 물 사람 환희 와애환아우

르 는 계 곡의맑은 물 소리 산새들 청아한

노 래 로　우 리 들 축복의 보금 자리 영원 히　자랑 스

런　자랑스런 명 산 이　여

슬픈 봄날의 노래

권자현 작사
박수연 작곡

1. 웃 음을 꽃 화 사 한 봄 날 나 들 이 며
2. 칠흑 같은 의 비 통 목 항 휘 바 저으물 닷 에
3. 통 한 의 팽 통 목 항 휘 바 닷 물 에

심 섬이 술 설 별 굳은 돌 우 개 놓 바 람 혼 덩품의 물우 처 고
이 별 이 의 진 곡 띄의

206

그 리 움 – 나 래 타 고 　　　천 상 의 　 재 회 를

소 망 한 다 오 　　　소 망 한 다 오

D.S.

Fine